濤の彼方

妻は、くノ一 10

風野真知雄

角川文庫
16971

目次

序　海を見ている若者

――わたしはどうして、これほど海が好きなのだろう。

と、船の上で若者はそう思った。

今日の海は凪《な》いでいた。青空を映し、この中で溺《おぼ》れてもいいと思えるくらいに美しく澄んでいた。

だが、静かできれいだから海が好きなわけではなかった。荒れようが濁ろうが、それはかまわなかった。

若者は海辺の町に生まれ育った。家からちょっと歩けば、海が広がっていた。潮風は季節にほとんど関係なく、店々の鮮やかな看板を揺らしながら、皇帝の長い大軍のように、町の目抜き通りを吹き過ぎていた。

父は海賊船に乗り込み、暴れまわった。若者が物ごころがついたときには、さすがに海賊ではなかったが、折々に語ってくれた海の話には魅せられたものだった。戦闘の名残りだという頰の傷も誇らしげに見えた。

兄もまた海賊でこそなかったが、ほかの生き方には目もくれず、海で戦う人生を選択した。

若者が最初に海の戦闘を体験したのは、十八歳のときだった。十四歳のときから船に乗っていて、このころはもう、船長候補として周囲からも一目置かれていた。

海賊さながらの戦闘だった。近距離で大砲を撃ち合い、ついには船同士をぶつけ合うほどの戦闘になった。興奮こそしたが、勝利を確かなものにするまで落ち着いて戦えたことは、上司からほめられもしたし、自分の大きな自信にもなった。

友人のうちの何人かは、戦闘や遭難など海で命を落とした。だが、そのために海が嫌いになったりする男は、少なくとも若者の仲間にはいなかった。

海はまた、人間だけの海ではなかった。

鯨《くじら》の海。

目が眩《くら》むほど巨大な生きものが、悠々と海面を泳ぐ姿。あの神々しさにはひれ伏したくなるほどだった。

鮪《まぐろ》の海。

流線形をした銀色の砲弾が、喜びではちきれるようになって海面を滑走していくとき、人間は目を瞠《みは》る以外、できることはなくなってしまう。

夜光虫の海。

真っ暗な夜の海面に、漂う青い光。どうにも叶《かな》わずあきらめた恋心だが、情熱の余韻が消し去りがたく残っているようではないか。

いや、生きものの魅力を持ち出さなくても、海を称《たた》える言葉に限りはない。海水だけの顔がつくる表情の変化を見るだけで、若者はどれほど胸を締めつけられ、あるいは圧倒させられたことだろうか。

逆巻き、のたうち、荒れ狂う海。それが一転して、鏡のように凪いで果てしなく広がった海。その変化はとても同じもののそれとは思えないが、しかし、どちらも真実の顔なのだ。

朝焼けの海。雨に打たれる侘《わび》しげな海。夕陽ににじんだ海。そして、満天の星の下の海……ああ、きりがない。

海と切り離された人生など、若者にはとても考えられなかった。

ところが、この世には海とはまったく関係のない人生もあるのだ。海なんて、台所の隅に落ちた魚の骨の故郷程度のものでしかない人生。

今度の出航の前に招待された家の主人もそうだった。

食事のときに使った白い皿の自慢を延々としていた。その白さは独特のもので、ほかのどの職人も出せない白さなのだと。おそらくあの男は、貝の裏側の白の多彩さに目をやったことがないのだ。

年に一割二分の利益を出すのがどれほど大変かというのを、細かい数字をあげつらって説明してくれるのにも閉口した。

だが、あれがふつうの暮らしというものなのだろう。土台、海になど魅せられるという男のほうが、困った変わり者なのに違いない。

先日はとうとうあの娘《こ》にまで訊《き》かれてしまった。若く、快活で、薔薇《ばら》色の頬をしたあの娘に。

「あなたはわたしよりも海が好きなの？」と。

あんなことを訊いてはいけない。自分の気持ちを知ってしまったではないか。そう。わたしは誰よりも大事なはずのあなたよりも、もっと海が好きなのだと。

女にとっては、海なんか好きな男などというのは、迷惑なだけなのかもしれない。あの退屈な男の家みたいなものが、おそらく女たちの憧《あこが》れの住まいなのだ。

潮の香り。波の音。

そんなものに目を向けてはいけないのだ。

さらに、その向こうにある見知らぬ国。

ますますいけない。海の向こうに憧れるなんて。

——おや、ちょっと待てよ？

若者は自分の海に対する気持ちを探ってみた。

もちろん、海は大好きなのである。だが、果てしなくつづく海であったら、これほどまでに好きであっただろうか。海というのは、その先に見知らぬ世界が現われる楽しみがあるから、なおのこと素晴らしいのではないか。彼方《かなた》にある夢と冒険。

――遠くに行きたい。

若者は、海に目をやりながら、あらためてそう思った。

そうだ。わたしはいつもそのことを願っていたのではないか。海を愛しつつ、じつはその向こうにあるものに恋焦がれていたのではなかったか。

わたしはいつかきっと行くだろう。

いまだ見ぬ国。遥《はる》かな遠い国。

それは、濤《なみ》の彼方……。

第一話　かぐや姫

一

江戸を出て海を行く船は、港々に寄りながら、まるで伝い歩きするようによちよちと進む。

廻船《かいせん》の航路ができた江戸時代も初期のころは、江戸から大坂《おおさか》まで、平均でほぼひと月を費やした。港での日和待ちが多かった。待てば海路の日和あり、というやつである。

雙星彦馬《ふたぼしひこま》の時代では、この日にちはずいぶん短縮された。平均だと十二、三日。徒歩の東海道五十三次の旅が平均で十四日ほどだったから、歩くのとそう変わらない。

ただ、これより遥かに速い船便もあった。伏見《ふしみ》の新酒を江戸まで競争で運ぶ船は、二日ちょっとで到着した。

これほど日にちを詰めるためには、ふつうの船がやらないことをする。それは、夜間の航行といわゆる沖乗りといわれる陸から離れた航路を取ることである。

これをやるには、磁石や星座によって方角を確かめる天文航海術を身につけておかなければ危険である。

雙星彦馬はそれができる。この男、見かけはそんなふうに見えないが、当時の日本においては指折りの先端技術を身につけた船乗りなのだ。快速で走り切り、天候に恵まれれば七日ほどで平戸《ひらど》に着く自信はある。

ただし、いまはそうした技はつかわない。南蛮船の調達の問題があるからである。できれば、南蛮船が長崎近海に入ったちょうどそのころに、長崎沖で出会えるような日程をもくろんでいる。

このため、古来の航海術によって港々に立ち寄りながら、ゆっくり西を目指していく予定だった。

昨夜——。

浦賀《うらが》の港で彦馬は織江《おりえ》を目撃した。小さな豆粒のような織江を。

静山《せいざん》も認めたのだから、それは本物の織江だったのだろう。

——やはり、あとを追って来てくれている……。

それは嬉《うれ》しい。

だが、お庭番の頭領らしき者と戦っていたらしいから、無事が心配である。

「雙星」

船首にいた彦馬を松浦《まつら》静山が呼んだ。

「あ、御前」

「浦賀の決闘が気になるであろう？」

「はい。無事でいてくれるとよいのですが」

「遠目には五分の戦いだったがな」

「そうですか」

彦馬には想像もできないことである。あの織江がくノ一などというもので、静山でさえ舌を巻くほどの腕だというのだから。

ただ、これは彦馬のなんの根拠もない勘なのだが、織江は死んでいないと思っている。近くにいるというような気配は感じないが、どこかで自分を呼ぶ声が聞こえる気がするのだ。

絶えず、陸から来る小舟に気をつけている。織江なら小舟を漕《こ》いでやって来るだろう。だが、うかつには近づけないのかもしれない。まだ、阻む者がいるのだろう。

「御前。波の上から見る月は格別ですね」

持っていた望遠鏡をかざすようにして彦馬は言った。

「望遠鏡は揺れるだろう？」

「そうですね」

船の揺れで月が視界から外れてしまう。だが、肉眼で見る月も素晴らしい。

ここは伊豆《いず》の下田《しもだ》港の沖合である。

まだ日没からほんのわずかしか経っていないが、すでに織姫の星も彦星《ひこぼし》も東の空に見えている。

その方向を見ながら静山は、

「雙星。そなた、織江のことを織姫のように思っているのだろう？」

と、ちょっとからかうような調子で言った。

「どうでしょう」

織江はまだしも、自分を神話の登場人物に喩《たと》えるのは恥かしい。そんな柄ではない。得意なことしかできない、不器用なただの変わり者である。

「織姫と彦星というのはどうなったのだったかな」

「たしか、いったんは夫婦になったのですが、働かずに遊んでばかりいるようになったため、天帝が怒って二人を天の川の両岸にわけてしまったのでは？」

「そうだったな。それで年に一度しか逢《あ》えなくなってしまったのか」

「はい」

「そなたたちは、どれくらい逢っていない？」

「もう、二年近く」

口にすると、あらためてそんなに長いあいだ逢っていないのかと驚くほどである。

「長いな」

「長いです」

本当にこの先、逢えることがあるのだろうか。

織江の思い出は薄らいできているところもある。逆に、昨日のように鮮烈なところもある。

笑った顔もよく覚えている。目尻《めじり》が下がって、もともと童顔だったのがさらに幼く見えた。「美人だよ」と言うと、「かわいいと言われたほうが嬉しいんだよ」とも言っていた。

浜の漁師の家で仔猫《こねこ》が五匹生まれたというので見に行ったことがあった。三毛猫の母猫のお腹に五匹の仔猫がしがみついて乳を吸っていたのだが、その仔たちが見事にバラバラの毛色をしていたのだ。

「名前の区別がつけやすくていいね」

織江がそう言って笑ったときの顔。

浜辺で石を割って遊んだこともあった。

「きれいな玉のような石が中に入っていることもあるんだよ」

彦馬がそう言うと、子どものように夢中になって割りつづけた。「あたし、光るものは好きなんだよ」と言って。

その真剣な横顔。

「雙星家の墓石はずいぶんと大きいんだね」

先祖の墓に婚姻の報告をしたとき、織江はそう言った。

「言われてみるとそうだな」

家禄《かろく》が低いわりには墓だけは周囲と比べてみても大きい。先祖によほどの見栄っ張りでもいたのかもしれない。

「あたしは墓なんかいらない」

「いらないの？」

「そう。ね、彦馬さん。いっしょに死ねたらいいね」

本気の顔だった。

「そうだな」

彦馬はいっしょに死ぬのがむしろ当たり前のような気がして、甘味屋にでも連れて行く約束みたいにうなずいたものだった。

「でも、心中は御法度だよ」

「御法度だろうが、いっしょに死んでしまえば、知ったことじゃないさ」

「ほんとだ」

そのときの少し不思議な感じがした微笑み。

彦馬が海を見ていたとき、織江が訊《き》いた。

「どうしてそんなに海を見つめるの？」

「遠くに行きたいんだろうな。きっと遠くに行きたいからだろうな」

「どうしてだろうな。きっと遠くに行きたいからだろうな」

「遠くに行きたいんだ？　じゃ、あたしは置いていかれるんだね」

「いや。いっしょに行きたいよ」

「遠くに？　連れてってくれるの？」

そのときの輝くようだった織江の顔……。

彦馬は次々に浮かんでくる織江の表情に、胸がいっぱいになっていた。

二

日没から一刻《いっとき》ほどして、下田の港に船を近づけた。

下田の港は江戸湾を小さくしたようなかたちをしている。ここでも直接、港には船を入れず、小舟で町まで行き来することになるだろう。

夜釣りの舟の漁師たちが口々に声を上げた。

「なんだ、あれは」

「幽霊船じゃねえか」

彦馬はその声に思わず周囲を眺めた。ほかに幽霊船でもいるのかと思ってしまったのである。

この船がひどいボロ船だというのを、つい忘れてしまう。ボロは見た目だけで、操舵《そうだ》性は素晴らしいのである。

これで明るいときに港にでも入ろうものなら、かならず大騒ぎになるだろう。それくらいひどいなりをしている。

だから、暗くなるのを待って、そうっと入る。

接岸せず、沖合に碇《いかり》を降ろし、必要なものがあるときは小舟でもって港に入り、購入してくるのだ。

碇を降ろした。

「どうだ、雙星。町で一杯、やりにいかぬか」

「はい。お供します」

船は宇久《うく》島の荘助《そうすけ》にまかせて、静山と雙星とで町に行くことになった。

織江が接近してくるかもしれない。それを静山も期待しているのではないか。

小舟を降ろし、縄ばしごを伝って揺れる舟に移る。静山が座るとすぐ、彦馬が櫓《ろ》を漕ぎ始めた。

港まではたちまち着いてしまう。舟をつなぎ、揺れない陸に足を乗せた。

「そういえば、七夕の話には異説がいろいろあったのだった」

と、歩き出しながら静山が言った。

「どんな話です？」

「彦星が牛飼いであるのは同じだ。その牛飼いが、水浴びをしていた天女の織姫に一目惚《ひとめぼ》れして松の木の枝にかけておいた衣を盗んでしまう」

「聞いたことがあるような話ですね」

「その衣がないと、織姫は空に帰ることができない。牛飼いは一生懸命、織姫をかき口説き、二人は夫婦になった」

「なったのですか」

衣を隠して帰れなくするというのは、ずいぶん卑怯《ひきょう》な手口ではないのか。そんなずるいやつが、天女の織姫を何と言って口説いたのか、そこは興味がある。

自分にはそんな強引な口説きはできない。織江は向こうから来てくれたから、なんとか夫婦になることができたのだった。

「なったけれど、幸せな日々は長くはない。織姫はある日、牛飼いが隠していた衣を見つけてしまう。織姫はそれでふたたび天へと帰って行ってしまった」

「そうなので」

「だが、牛飼いは諦《あきら》めきれない。織姫を追って、天界へと向かった」

「ちょっとお待ちを、御前。諦めきれない気持ちはわかります。でも、天界へ行くというのは、いくらなんでも無理です。牛飼いは天へ昇れないでしょう？」

「そうだな」

「不思議ですよ」

「うむ」

「話としても杜撰《ずさん》すぎます」

「この手の話というのはそういうものじゃないのか」

「だが、それは誰が聞いても疑問に思うのではないでしょうか？」

「とにかく、牛飼いは天界へたどり着いた。ところが、この天女はなんと西王母《せいおうぼ》の娘だった。それで西王母によって、天女と牛飼いは天の川の両岸に離ればなれにさせられた」

　西王母というのは、唐土《もろこし》の伝説で仙女の王のことである。

「そのあとは、同じですか？」

「それもいろいろあるらしい。ずっと逢《あ》えなくなってしまうのもある」

「年に一度だけでも？」

「うむ。逆に、もう一度、天の川を越えて結ばれるのもある」

「いろいろですか」

静山は何のためにそんな話を持ち出したのか。

「要は、彦星の思いの強さじゃないですか」

「そうなるかな」

「天の川を越えてみせます」

と、雙星は義父の顔を見て、強くうなずいた。

下田の町は山に囲まれ、海に流れ込む川沿いに集落がある。

「ここは出湯があると聞いた」

と、静山が言った。

「いいですね」

一日のんびり湯に浸かったら、さぞや疲れも取れるだろう。だが、そんな暢気《のんき》な時間は、この二年のあいだ、味わう暇もなかった。

歩き出したばかりのときだった。

「ん？」

静山の足が止まった。

「御前、何か？」

「ほれ。そこにも、そっちにも」

どこからともなく男たちが現われ、静山と彦馬を取り囲んでいた。出湯の町を案内してくれるという雰囲気ではなかった。物品をねだったり、売りつけたりといったようすもなかったが、もっと面倒なことになりそうな、嫌らしいねちっこさは窺《うかが》えた。

ぜんぶで五人だった。

「なんじゃな？」

静山は五人を見回しながら訊いた。一人を除き、いずれも腕が立つ。隙がまったくない。

「お久しぶりですな」

真後ろに来ていた男が言った。この男だけは、帯を締めない着物のように隙だらけである。

「なんだ、鳥居《とりい》耀蔵《ようぞう》どのではないか」

江戸城本丸の中奥番である。幕府の中枢どころか、将軍の耳にもっとも近く、囁《ささや》きはこの国のまつりごとすら左右しかねない。

かちつつある。

旧友林述斎《はやしじゅつさい》の息子でもあるが、この男のこともあって、林とはひそかに袂《たもと》をわ

「松浦静山さまもごいっしょだとは思いませんでした」

鳥居がそう言ったとき、四人に驚きの気配が現われた。

「松浦静山公!」

「常静子《じょうせいし》どの!」

尊敬の色もある。

だが、さらに敵意をむき出しにする者もいる。

「なんだ、鳥居。静山公がいっしょとは聞いていなかったぞ」

「わしだってそんなことは知らぬ。目的は、くノ一の織江だ」

と、鳥居は言った。

「織江はわたしの妻だぞ」

彦馬が言った。

「そんなことは知っているわ」

「だったら、なぜ、おぬしが織江を追う?」

「上さまが欲したのだ。上さまは色好みでな。くノ一という変わった女を食べてみたくなったのだろう。この四人は、上さまの親衛隊の中でもとくに四天王と呼ばれ

る腕の立つ男たち。それをわざわざ遣わしたほどなのだぞ」

鳥居は自慢げに言った。

「なんと、上さまが」

静山は呻《うめ》いた。

心の奥に秘めた思いはあっても、いま、反逆の心を露《あら》わにしては、単に藩の取りつぶしという事態を招くだけのことになる。

——だが、この者たちを皆、斬ってしまえば……。

静山はさりげなく四人を見た。気取られてはならなかった。

持っている武器だけでなく、身体つきや指の胼胝《たこ》などからも武器を推察した。

剣の遣い手は一人だけ。

弓を得手とする者もいる。だが、これだけ近いと弓は使えない。

懐に手を入れた男も飛び道具を得意とする。器用そうな指をしている。おそらく手裏剣を遣うのだろう。

そして、袋に大事そうに入れているのは短槍《たんそう》だろう。袋から抜き出す前にいくらかの余裕はある。

最初に剣の男を一刀で叩《たた》き斬ってから、弓と手裏剣が離れる前にせめてどちらか一人を斬る。

あとは、飛んで来る矢か手裏剣をかわしながら、短槍の男と斬り合うだけになる。刀の男を抜いたと同時に仕留められるか。そこから先は五分五分。

静山は迷った。

雙星彦馬が隣にいなければ動いたかもしれない。

「差し出していただきたい」

と、鳥居は言った。

「なにを？」

「くノ一を」

「あいにくだな。船にはおらぬ」

「では、姿を見せたら、差し出してもらうぞ」

「ううっ」

静山が小さく呻いた。

「断わる」

と、彦馬は思わず言った。

「なんだと」

「上さまには色好みのうちの一人かもしれないが、わたしにとってはただ一人だけの女。だから、断わる」

「馬鹿を申せ。女はほかにもいる。星の数ほどいる」

「ほかはいない。この世にたった一人だ」

雙星彦馬は挑みかかるように言った。


——これはいかん。

と、静山は思った。

雙星がそこまで言えば、鳥居も引っ込みがつかなくなる。雙星は将軍に叛意《はんい》を示したことになる。

——やはり、斬ろう。

そっと刀に手を添えようとしたときだった。

——ん？

風に飛ばされたらしく、着物が一枚、宙を舞ってきた。それは、静山と相対した四天王とのあいだを飛んで、わきの松の木に引っかかった。

「あら、やだよ。洗濯物が」

婆さんがよたよたと駆けて来た。

松の木のそばにより、風にはためいていた着物を取った。

「おや、袖がないじゃないか」

婆さんは怒ったようにそう言うと、対峙《たいじ》している静山と四天王たちを、お前たちのせいだというように睨《にら》みつけて行った。

なんとも絶妙の間合いだった。

対峙していた者たちがこれでぐっと気勢を削《そ》がれた。

「雙星。よい。わしが話をつける」

「ですが」

「鳥居どの」

と、静山は近づいて、肩を組むようにした。

「なんだ、なれなれしい」

「わしは、そなたの父御と親しく付き合ってきた。そのよしみもちと加味してもらえたらと思うのだがな。そのくノ一とやらだが、まずわしの藩士でも家来でも小者でもない。それは幕府方の小者でござろう？」

「それはそうだ」

「それを差し出せと言われても、わしはどうしてよいのかわからぬ」

「そちらの藩士の雙星とやらの嫁ではないか」

「それは、身分を偽って雙星の家に入り込み、勝手に出て行ってしまったのじゃ。

それも幕府方のご意向でござろう？」

「そ、それもそうだ」

「なのに、差し出せとおっしゃる。切れ者でならした鳥居どのならおわかりになっていただけようが、これはおかしいでござろう？」

「だから、そっちに逃げ込んで来たらと言っておる」

「逃げ込んで来るのか？」

「そ、それはわからぬが、来たらという話だ」

「それには上さまの正式な書状などもおありなのじゃな？」

「そのようなものは」

「言葉を返すようだが、当家も小さいながらも一藩。そうした正式な命令がなければ、なかなか動けるものではござらぬ。ちと、九州のほかの藩主たちにも訊《き》いてみるつもりだが」

九州連合をちらつかせた。静山得意のハッタリである。

「そんなことは訊かなくてもよい」

鳥居は慌てて言った。

九州の大名たちは皆、なにがしか不穏の気配がある。いずれも一筋縄ではいかない曲者《くせもの》ばかりである。それを松浦静山によってよからぬ機運でも盛り上げられた日には、鳥居の立場は丸つぶれとなるのだ。

「だが、何か解せぬ。まさか、鳥居どの、おのれの欲望のために、上さまのご威光を利用しようとしてはおらぬだろうな？」

「うっ——」

鳥居の顔が歪《ゆが》んだ。

「当たりかな」

「屁《へ》理屈を言い立てなさるな。とにかく、わしらは松浦さまの動きを見張る。あのくノ一が現われたら、拉致《らち》する。抵抗すればただではすみませぬぞ」

三

静山と彦馬は町でゆっくり酒を飲む気もなくなって、一樽《たる》買って船で飲むことにした。

彦馬が小舟を漕《こ》ぎ始めるとすぐに、

「雙星、よかったな」

と、静山は言った。

「何がでしょう？」

「織江は生きている。あいつらがああやって追いかけて来ているのがその証拠だ」

「はい。わたしももしかしたらと思ったのですが、あの決闘のことを知らないでいるのかとも思ったりして」

「そんなわけはない。鳥居は将軍の命を受けて動いているのだろう。しかも、織江と戦っていたのもお庭番。そこらの話が伝わっていないわけがない」

「そうですか」

彦馬はうつむいた。口元がほころんでいる。内心、喜びがこみ上げているのだ。

「ただ、あらたに厄介なことも出てきた」

「ええ。まさか将軍が織江を見そめるなんてことが」

「雙星。織江は織姫ではなく、もしかしたら、かぐや姫だったのかもしれぬぞ」

「かぐや姫……」

「そうさ。時の帝《みかど》に惚《ほ》れられて、追いつめられてしまったではないか。だいたい、わしはあんな娘がいたなんて夢にも思わなかった。そう思ったら、あれはわしに似ているような気がしてきた」

「たしかに」

目元、口元に静山の面影があった。だが、顔よりも似ているのは、卓越した身体のきれなのかもしれない。

「急に可愛くてたまらない気がしてきた。しかも、哀れで、不憫《ふびん》だ。だが、あれがかぐや姫だったら、どうにもならぬ」

静山は空を仰いだ。

将軍家斉《いえなり》が織江を欲しがっている——まさにそれは思いもよらぬ事態だった。あの娘は、なんと過酷な運命を背負っているのか。

静山は、家斉が女を口説くのをたまたま見てしまったことがある。巻狩りの休憩のときだった。

「のう、そなた。わしをどう思う？」

家斉は女にそう訊いていた。

「どう思うとおっしゃいますと？」

「男としてどうだ？」

「それはもう、この世に二人とないご立派なお方にございましょう」

「もっとくわしく褒めたたえてくれ」

「はい。がさつな田舎武者とはまるで違います。それに生まれ持ったご威光のようなものが……」

家斉は甘えているのではなかった。もっと本気だった。

たぶん、家斉という人は、つねづね鏡を持たない恐怖を感じつづけているのではないか――と、静山は思った。じっさいの鏡ではない。他人という鏡である。それを、数多くの女たちによって確かめたいのではないか。自分の顔を。自分の姿かたちを。自分はどう見えているのか。

お世辞やお追従ばかり言われつづけている者は、むしろ、正直な言葉を欲するのではないか。

だが、将軍に向かって、思ったことをそのまま言える女はいない。その女もまた、結局は当たり障りのない答えを繰り返すばかりだった。

では、織江はどうか。雙星彦馬が将軍の威光にひれ伏さなかったように、織江もまた、雙星への思いを盾に、将軍に屈することはないだろう。

――それは、なおさらまずい……。

静山は想像の中で苦悶《くもん》した。

織江のような女こそ、むしろ家斉の鏡になるのではないか。言いたいことを言えば、それがあの寂しい男、征夷大将軍《せいいたいしょうぐん》徳川家斉にはむしろ喜びとなってしまう。

「ここはなんとしても逃がしてあげなければ」

と、静山は言った。

宿にもどると、四天王が次々に鳥居に文句を言った。

「松浦静山がいるとは聞いていなかったぞ」

児島専六《こじませんろく》が口火を切った。

四天王の中ではいちばん年上である。四十一になっている。豊かな肉体と端整な顔立ちは、将軍の親衛隊に共通しているが、もみあげのあたりが白くなっていて、それはめずらしいかもしれない。親衛隊はたいがい二十代後半からせいぜい三十ちょっとの若い男たちで構成されていた。

「静山がいるいないなど、この仕事にたいして関係はないだろう」

と、鳥居は文句を言った。

「関係はある」

児島がそう言うと、

「心形刀流《しんぎょうとうりゅう》の達人だぞ」

一刀流の浅井権乃丞《あさいごんのじょう》が尊敬をにじませた口調で言い、

「いや、静山は剣術だけではない。武芸百般について学び、いずれも達人の域に達しているそうな」

手裏剣の森一平《もりいっぺい》は、手裏剣を飛ばすような手つきをしながら言った。

「なんだ、おぬしたち、静山が恐いのか？」

鳥居は四人を見回して言った。

児島専六は鳥居の嫌味を鼻でせせら笑って、

「あのな、鳥居。武芸者というのは、とにかく相手のことをきちんと把握しようとするのだ。相手のことを何も知らず、ただひたすら突進するのは馬鹿だ。猪といっしょだ。そんなやつは武芸者と呼べる資格もない」

児島の言葉にほかの三人もうなずいた。

「鳥居。そなた、伝えるべきことを伝えておらぬ」

と、児島専六は鳥居を睨《にら》んだ。

「何をだ？　訊きたいことがあれば訊け」

鳥居耀蔵も負けじと睨み返した。

「織江というのは、川村《かわむら》の手の者ではないのか？」

「もとはそうだった。だが、松浦静山の平戸藩に潜入し、探索のため、雙星彦馬という男と夫婦になった」

「さっきの男だな」

と、児島はうなずいた。

「ろくな扶持米《ふちまい》ももらっておらぬ下っ端藩士だ。あやつとは、一度、謎解き合戦のようなことをやったが、血のめぐりの悪い愚者だった。神田《かんだ》の妻恋坂《つまごいざか》あたりの長屋に住んで、寺子屋の師匠をしていた」

「そんなことはどうでもよい」

「つまりは、たいした男でもないのに、ただの偽装のはずだったが、織江は情を移してしまったというわけだ」

と、鳥居は悔しそうに言った。

「それがそもそもくノ一として失格だ」

と、浅井権乃丞は言った。

「織江は江戸にもどった。すると、あの雙星はいなくなった妻を追って、江戸にやって来た」

「ほう、けなげな夫ではないか」

羽佐間仁十郎《はざまにんじゅうろう》が真剣な顔で言うと、

「へっ。聞くも涙の夫婦の情けか」

森一平が皮肉な顔で笑った。

「それで、上さまはどこで織江を見染めたのだ？」

児島が訊《き》くと、

「え、それは……」

鳥居は口ごもったが、

「そんなことは知らぬ。お庭番の使いっぱしりだ。あのあたりをうろうろしていたのだろう」

　適当なことを言った。

「それから、どうした？」

　児島は先をうながした。

「雙星がやって来ると、織江はお庭番から抜けた」

「だから川村も追っているわけだ」

　と、児島は納得した。

「織江は静山の下に逃げ込もうとしているのか」

　と、羽佐間仁十郎は言った。

「だが、なぜ、静山は自分のところの秘密を探りに来たくノ一を助けようとするのだ？　変ではないか？　理屈に合わぬではないか？」

　浅井権乃丞がしつこく訊いた。理屈に合わないというのは、浅井にとってひどく嫌なことらしい。

「静山というのは、変なやつなのだ」

　と、鳥居は言った。

「わしは、おぬしのほうが変に見えるが」

　と、児島専六は苦笑して言った。

「松浦静山のやつは、幽霊船を偽装しながら、抜け荷で莫大《ばくだい》な利益を得ているのではないかと、わしは疑っているのだ。だいたい、あの財政の豊かさというのはおかしいのだ」

「ちょっと待て、鳥居。抜け荷だと。それが本当なら、くノ一どころの話ではないのではないか」

児島専六は、顔色を変えた。

「いや、この際、それはよいのだ」

鳥居は余計なことを言ってしまったと顔をしかめた。

「ちっとも、よくないだろうが」

「抜け荷のことはあとで詳しく調べる。だから、いまはいいと言っているのだ」

「鳥居。おぬし、頭は大丈夫か？」

「たかだか武芸自慢の男がなにを言うか。聞け。祇園《ぎおん》精舎の鐘の声、諸行無常の響きあり。沙羅《しゃら》双樹《そうじゅ》の花の色、盛者必衰の理《ことわり》をあらわす。おごれる人も久しからず、只春の夜の夢のごとし。猛《たけ》き者もついには滅びぬ、ひとえに風の前の塵《ちり》に同じ。遠く異朝《いちょう》をとぶらえば、秦《しん》の趙高《ちょうこう》、漢の王莽《おうもう》、梁《りょう》の朱异《しゅい》、唐の禄山《ろくさん》、これらは皆、旧主先皇の政《まつりごと》にもしたがはず、楽しみをきはめ、諫《いさ》めをも思い入れず、天下の乱れんことを悟らずして、民間の愁《うれ》ふるところを知らざつしかば、久しからずして、亡《ぼう》じにし者どもなり」

いきなり『平家物語』の一文を凄《すご》い早口で暗誦《あんしょう》してみせて、

「ほらな」

自慢げな顔をした。

「鳥居、何のつもりだ」

「頭はそなたたちと比べても、まったく大丈夫ということさ」

「なんだ、こいつ」

児島専六は、呆《あき》れた顔でほかの三人を見た。

「恐いというか、気味が悪いな」

と、羽佐間仁十郎は嫌悪を露《あら》わにし、

「もっと大丈夫ではない気がするぞ」

森一平は皮肉な笑みを浮かべ、

「わしは上さまにも、この者は遠ざけるよう申し上げる」

浅井権乃丞はきっぱりと言った。

「ふん。何を言う。そなたたちは、だいたいが美女狩り美男隊などと呼ばれているくらいだ。女のことが第一であろう」

鳥居は四天王を見回して言った。

「それは他人が勝手に申すことだ。われらは上さまの身辺警護が本来の仕事であるのは自明の理ではないか」

児島専六が四天王を代表するように言った。

「本来の仕事が警護だと？」

「そうだ」

「そうかな。わしは中奥番としていつも上さまのそばにいるからよくわかっているが、上さまは、女のことがいちばん大事なのだ。男と女の女のほうだけ、上半身と下半身なら下半身だけに君臨すると、いつもおっしゃっているだろうが」

鳥居は自信たっぷりに言った。

「それは世が安泰であるからこそできること。世が乱れたりしたら、それどころではあるまい」

児島専六は負けじと胸を張って言った。

「そ、それはそうだが……」

「それを上さまに言い聞かせるのがそなたの仕事ではないのか」

「ううっ」

正論である。鳥居も反論ができない。

「あっ。こやつ、上さまをけしかけなさったのではないか」

児島専六が疑いの目を向けると、

「それはありうる」

「やりそうだ」

「とんでもない奸臣《かんしん》だな、こいつは」

と、ほかの三人もうなずいた。

「な、なにを言うか。けしかけたなどと、人聞きの悪いことを言うな。上さまの気持ちを察して、わしがご提案したのだ。上さまの心にそういうものがあったから、口に出されずとも、わしの提案が生まれたのだ。君臣のあいだがらというのは、そういうものなのだ」

鳥居は胸を張ってそう言った。

「すごいな、こいつの屁《へ》理屈は」

「静山が言ったことはもっともだ。おのれの欲望のために、上さまを利用しようとしているのではないか」

「だとしたら、とんでもないことだぞ」

「おい、こんなやつに操られるようにして、このまま西へ行ってよいのか？」

四天王たちが疑念の声を上げはじめると、

「いまは、抜け荷のことはよいのだ。このあいだも、怪しい船を御《お》船手《ふなて》組の向井将《むかいしょう》監《げん》とともに調べ、静山を問い質《ただ》したのだ。だが、あのしたたかな男はなかなか尻尾《しっぽ》をつかませない。だから、そこは気にするな」

　鳥居耀蔵はすこし慌てた。

「おぬしに気にするなと言われてもな」

「そうだ。そなた、ちゃんとこれまでのことを報告し、上さまのお墨つきをもらって来い」

　だんだん風向きが怪しくなって来ている。

「なんだと」

　こいつらはやはり馬鹿なのだ、と鳥居は思った。だいたいが体力と美貌《びぼう》に恵まれた男に賢いやつがいるわけがない。子どものうちからちやほやされ、生きていくための武器となる賢明さというものを得る必要がないのだから。

　川村真一郎《しんいちろう》はめずらしくその中には入らないと思っていたが、あれもやはり馬鹿だった。

　こいつらがなぜ馬鹿かというと、将軍家斉を常識のある人間に変えられるとでも思っているからなのだ。

　あのお方は、生まれながらにして将軍なのである。ふつうの常識など通用するわけがない。むろん、恋心しかり。

政治などというものへの興味もあるわけがない。たまに口をはさむことはあっても、それは表面的なことに限られ、必要に応じてわかっているようなふりをしているだけなのだ。

もっとも、だからこそ下にいる者は頂点の意向を気にせず、もっともよき道を選択できるのである。頂点にある者が愚昧《ぐまい》だということが、政治を円滑に運用できる最大のコツと言うべきだろう。

「わかった。上さまのお墨つきをもらって来よう」

と、鳥居はうなずいた。そんなものはかんたんにもらえるに決まっている。

「そうしてもらおう」

児島専六が断固として言った。

「だが、そなたたちはどうする？」

「あの船のあとを追いつづけ、接近する女がいたら、捕まえておけばよいのだろう」

「そう。それでよい」

鳥居がそう言ったときである。

四天王の顔つきがいきなり変わった。

「む」

「ややっ」

「この気配」

「曲者《くせもの》だ」

四人が瞬時に反応し、外へ飛び出した。

それぞれ、自分の武器を手にしている。

四人はきわめて統制の取れた動きをした。

最初に児島専六が右斜めに走った。それに少し遅れて、羽佐間仁十郎が左斜めに走った。どっちから攻撃が来ても、一方がその攻撃して来たほうへ逆襲を試みることができる。ただし、自分の身を守るというよりは、攻撃した者に向かい合う、自分の身を捨ててでも、敵をせん滅するという態勢である。

さらに浅井権乃丞が右斜めに走り、つづいて森一平が左斜めに走った。そのときはもう、児島と羽佐間は、庭の端の塀の上に乗って身構えている。四方八方、どこに敵がいても、これで完全に向き合えるし、包囲も可能である。じつに均整の取れた、美しいと言えるほどの動きだった。

「どうだ、いるか？」

東を見ていた児島専六がほかの三人に訊《き》いた。

「誰もおらぬ」

「こっちもだ」

「消えたな」

三人とも首を横に振った。

おそらく近くにはいない。あの、わずかな時間のうちに、曲者は自分の気配を完全に消したまま遠ざかって行った。

「だが、さっきは明らかに誰かいた」

児島専六がそう言うと、ほかの三人もうなずいた。四人がほぼ同時に気配を察知したのだから、それは間違いない。

「織江か」

「まさか。たかがくノ一だろう」

「あれほど素早い動きを？」

「いまの話を聞いたかもしれぬ」

四人は一瞬、不安を覚えたが、

「万が一、聞かれていても、それで状況が大きく動くわけではあるまい。むしろ、上さまの意向ということで、観念して出てくるといったこともあるかもしれぬ」

という羽佐間仁十郎の言葉で納得した。

「織江というのはそれほど腕の立つくノ一なのか？」

児島専六が廊下に呆然《ぼうぜん》と立っている鳥居に訊いた。

「そっちのことはわしにはよくわからぬ。だが、いままで逃げつづけているのだから、腕は適当には立つのだろうな」

鳥居はわざと知らないふりをした。

織江と母の雅江《まさえ》は、本所《ほんじょ》のお化け屋敷で川村真一郎が率いたお庭番三十人と戦い、ほぼ全滅させてしまったのである。

それどころか、川村が織江に向けて放った刺客たちは、お庭番屈指の腕利きだったはずなのだ。

——油断して、織江の逆襲に遭っても、わしは知らない……。

鳥居はむしろ、そちらを期待した。

四

雙星雁二郎《がんじろう》はめずらしく考えごとをしながら、夜の長崎の町を歩いていた。そのために、ついうっかり出島《でじま》の前に出てしまって、慌てて引き返したほどだった。シーボルトとばったり出くわしたりしたら、気まずいことになる。あの人物の信頼だけは裏切りたくなかった。

――まったく考えごとなどしては駄目だな。

と、雁二郎はいまさらながら思った。

雁二郎は昔からあまりものを考えない。勘だけで生きている。なまじ考えたりすると、訳がわからなくなってくる。

静山もそこらは心得ていて、雁二郎に仕事を依頼するときは一つだけにする。どうしても二つ以上あるときは、一枚ずつ別の紙に書いて渡す。一つやり終えたら、一枚ずつ破り捨てさせる。そうしないと混乱してしまう。

静山もそれで雁二郎を馬鹿にするといったことはない。雁二郎も卑下したり、卑屈になったりすることはない。

人間の頭の大きさは皆、同じくらいなのだから、備わった能力も似たりよったりで、どこかが優れていれば、どこかが劣るのは当たり前だろう――静山はそんなふうに思っているらしい。雙星の家はとくにそういう傾向があると。

――だから、これも勘を働かせなければ駄目だ。それでこそ、いい案も思いつくのだ……。

雁二郎はそんなことを思いながら高台への道を登った。

長崎は景色の美しい町である。港は細い入り江になっているが、周囲は高台が囲んでいて、人家は坂の途中まで迫っている。あまり夜も更けてしまうと、灯は消えてしまうが、暮れ六つから一刻《いっとき》ほどの灯ともし頃は、港を町の明かりがぼんやりと包み込む。灯が手のひらになって、港をすくいあげるようである。

――うむ。きれいな景色だ。

後ろで気配がした。

人ではない。人ならとうに気づいている。

「にゃあ」

と、鳴いた。

「猫か」

長崎は猫が多い。しかも、どことなく異国風の面影があるのは、南蛮人が持って来た猫の血が混じっているからではないか。

雁二郎は静山から聞いたのだが、猫というのはもともと日本にはおらず、唐土《もろこし》からもたらされたらしい。その唐土にも、印度《インド》あたりから入ってきたらしい。

静山が『甲子夜話《かっしやわ》』に書いていたが、奥州では蚕をネズミが食べないよう、猫を飼うところが多い。そのため、猫の値段があがり、五両もしているらしい。

奥州では馬一頭が一両で買えるのに、猫が五両もするというのは凄《すご》い。

そういえば、雙星彦馬も猫をかわいがっていた。

「ふうむ。猫か」

雁二郎は、しゃがみ込み、暗い藪《やぶ》から出てきた虎模様の猫をじいっと見つめた。

川村は調達した船を真っ黒に塗った。

快速船である。

新川《しんかわ》の酒問屋を脅迫した。脅しのネタはたっぷり持っている。酒にする米の調達では、西国雄藩の家老と結託して、たっぷりと賄賂《わいろ》を贈っているのだ。送り込んでいたお庭番から報告がきている。なんなら、藩の取りつぶしまで持っていくぞと脅した。

それで船を出させた。水夫の賃銀も酒問屋に持たせる。

新川の酒問屋は、新酒が来る時期に宣伝もかねて船の競争をする。大坂から江戸まで、一番乗りを競うのだ。

これは一番の船となると二日ちょっとで江戸に着いてしまう。この船を出させたのだ。

船自体は酒問屋のものではないが、新酒だけでなくつねづね酒を運んで往復していた。

酒樽《さかだる》を積まない分、速度はさらに速くなった。

――この速さと色。

夜、ひそかにほかの船のわきに忍び寄ったとしても、気づかれないだろう。万が一、織江が雙星の船に入ったとしても、これで奪回できる。

その織江の容貌《ようぼう》について、川村には途中、どうしても気になることがあった。

それは織江と松浦静山が似ているという疑念だった。

——いつ、気がついたのだろう？

静山とは、かつて本所のお化け屋敷で戦ったことがある。そのときの印象か。織江のほうは、子どものときから見てきた。

静山は細面である。頰から顎《あご》にかけてすっきりしている。織江は頰こそふっくらしているが、輪郭はやはり細面である。そういえば目元も似ている。どちらも切れ長で涼しげだった。

——まさか、静山の娘なのか。

ずいぶん以前のことなので、古くからいる下忍の者に訊いた。

ちょうど織江が生まれる一年ほど前、雅江は松浦静山のところに潜入していたらしかった。

歳は合う。

——織江はそのことを知っていたのだろうか……。

知っていたからこそ、お庭番を抜け、雙星のもとにもどろうとしているのか。そうだ。知っていたのだ。織江は雙星彦馬ではなく、父のもとにもどりたいのだ。

川村はふいに、織江が遠くに駆け去ってしまった気がした。あいつを平戸藩などに潜入させたのが間違いだった。静山の娘と知っていたら、もちろん平戸に潜入させるなんてことはしなかった。

——くそっ。

川村は頭をかきむしった。

だが、雙星の船はいまや鳥居と四天王に見張られている。織江が接近すればすぐに四天王が立ちはだかり、拉致《らち》しようとする。

織江はどうするつもりだろう。かんたんな罠《わな》には引っかからない。あれは周到な動きをする、きわめて腕の立つくノ一なのだ。

だから、うかつには近づかない。自分が近づけば、四天王と静山が相まみえることになる。それは凄《すさ》まじい戦いになるだろう。

——織江。わしのところに来い。

そうすれば、静山は戦わずにすみ、四天王も手ぶらで帰ることになる。織江が幸せになる道は、それしかない。

五

雙星彦馬は、かぐや姫の話が昔から大好きだった。

あれは最初に書物で読んだのだろうか。

違う。亡くなった姉が語ってくれたのだ。

よくできた話だった。

美しい竹林で起きた小さな奇蹟《きせき》から始まる。竹取りの翁《おきな》が、竹の中から小さな女の赤ん坊を見つけるのだ。

子どもに恵まれなかった老夫婦は、この子を家に連れていって育てる。

それからは、翁はしばしば竹の中から金を発見し、たちまち莫大《ばくだい》な富を得る。豊かになるという庶民の願いが叶《かな》えられるのだ。

女の子はすくすくどころか、わずか三月で美しい娘に成長した。明らかに妖《あや》かしのたぐいであろう。

だが、老夫婦は妖かしと知りつつ、この娘をいつくしむ。名前もつけられた。なよ竹のかぐや姫。

やがて、噂を聞いた五人の公達《きんだち》が現われ、かぐや姫に求婚する。

これに対し、かぐや姫は一人ずつ条件をつけた。この世に二つとない宝を持ってきてくれたらと。

五人の公達は旅立つ。ここはそれぞれの冒険譚《たん》となっている。

結局、五人とも宝を得ることはできなかった。

そして、ついに帝《みかど》がかぐや姫に興味を示し、一目見るやこの世ならぬ美しさのとりことなってしまう。

さすがのかぐや姫も帝の申し出はむげに断わるわけにはいかなかったのか、三年のあいだ手紙のやりとりをする。

そして、運命の日。八月の満月の夜がやって来た。

かぐや姫は、月に帰らなければならないという。

これを阻もうと、帝は軍隊をくり出してかぐや姫を警護させるが、空から降りてきた不思議な車に乗って、かぐや姫は月へと帰って行ってしまったのだ。

——いったい何度、話してもらったことか。

不思議だが、平戸の海の上に出る月を眺めていると、それは本当の話のような気がしたものだった。

船は夜の海をゆっくり航行している。

雙星彦馬は、月を見ながら船首の縁《へり》にもたれていた。

背中のほうではたはたと、旗のひるがえるような音がした。振り向いて確かめると、黄ばんだ男物の浴衣《ゆかた》だった。誰か水夫が干した着物で、洗ってしまい忘れているらしかった。

ふと、鳥居たちと睨《にら》み合ったとき、ふいに風で飛んできた着物のことを思い出した。

「あれは絶妙の間合いで飛んできた。あれでわしも、四天王も気がそがれたのだ。もしも、あの場で斬り合いが始まっていたら、そなたは無事では済まぬ。おそらく死んでいただろう」

と、静山は言っていた。

——まさか、織江が？

だが、追いかけてきたのは、織江とは似ても似つかぬ老婆だった。いくらくノ一でもあれには化けられない。

そういえば、婆さんは「袖《そで》がない」と怒っていた。

——あ。

彦馬はふいに、静山が話していた牛飼いが、天界に行くことができた訳を理解した。

それは、衣の一部を切っておいたのだ。袖でも、裾《すそ》でもそれを切っておいて、飛べるようになっていたのだ。

わたしもそうしてやる。

織江が天女だろうが、かぐや姫だろうが、どこまでだって追いかけてやる。

そう決意したら、すこし気分が晴れた。

――もしかしたら、袖を破いたのも織江？

織江はおそらく、静山と彦馬の牛飼いの話を聞いていたのだ。彦馬がその説に疑問を呈したことも。

だが、「袖を破いておけば飛べるよ」と、教えてくれたのではないか。あの緊迫した事態の中で。

老婆は別人だとしても、着物が風で吹き飛ばされたようにして、老婆を追いかけさせたのかもしれない。織江ならきっと、そうした機転を働かせることもできただろう。

――いたのだ。あそこに織江が……。

彦馬はそう確信していた。

第二話　赤い異変

一

船が清水《しみず》の港の沖合に来た。ここまでは、もっと速く走らせたいと思うほど、ゆっくりした航行だった。

すでに夕刻だが、もう少し暗くなるまで港に入るのを待った。

「雙星。海の色がおかしいな」

静山が海面を見ながら言った。日は翳《かげ》りはじめているのではっきりとはわからないが、海がいつもより濁っている。

「赤潮が来ているのかもしれませんね」

彦馬は潮の匂いを嗅《か》ぎながら言った。

海は千変万化する。赤潮は、いまどきの季節、平戸の沖合でも何度か見ていた。魚の腐ったような臭いのするときもあれば、とくに臭わないときもある。

「ここで西海屋《さいかいや》の船と会えるかもしれぬ」

「そうですね」

西海屋千《せん》右衛《え》門《もん》は、彦馬たちより一足先に長崎に向かった。南蛮船を調達するためである。

すでに話はだいぶ進んでいる。南蛮船自体は西海屋のものになっていて、これをいつ、長崎に寄港させられるかを確かめに行ったのだ。

ただ、ここで千右衛門と会えるわけではない。西海屋は多くの船を日本中に走らせていて、江戸と九州を往復する便に、千右衛門が伝言を頼んでいることが予想された。

望遠鏡で港を見渡すが、とりあえず近くに西海屋の船はない。朝にならないと見つけるのは難しいだろう。

「よし、宿場に行くか」

暗くなってから港に入り、船の碇《いかり》を降ろすと、静山は彦馬を誘った。

「はい。お供します」

なんとか織江と逢《あ》えないものだろうか。

清水港は、東海道五十三次の宿場町の江尻《えじり》と接している。下田の町よりもはるかに賑《にぎ》やかである。

宿場町を歩いた。夜になってから入って来る旅人も多く、宿場はまだ落ち着かない。

ときおり後ろを振り返る。たぶん、あの鳥居の手の者やお庭番やらがあとをついて来ているのだろう。織江が接近するかどうかを見張っているに違いない。だが、彦馬にはそうした連中をまるで判別できない。

静山もよほどの危険がない限り、彦馬にそれを告げたりはしない。わざわざ不安がらせる意味はないと思っているのだ。

通りには料亭などは見当たらない。宿屋がほとんどで飲み食いもそこでするからわざわざ外の料亭など探さない。馬子や駕籠《かご》屋などが入る、あまり上品とは言えない飲み屋があるくらいである。

静山はどんな店でも気にしない。ざっくばらんな店でも平気で入る。前に、向柳《むこうやなぎ》原《わら》の煮売り屋で、船頭たちに混じって一人で飲んでいるのを見かけたことがある。もちろんその逆もあり、江戸屋敷の用人が卒倒しそうになるほど、高価な店で遊んできたりもする。

「そこでよいだろう」

馬子たちが大声で話しながら飲んでいるわきに座った。

赤潮のことが、飲み屋でも話題になっていた。

「海が赤くなると、火事が出やすいんだってな」

「そうなのか？」

「いま、そっちの脇本陣で聞いたぜ」

「ああ。おれも昼ごろだったか、本陣の番頭に聞いたよ」

噂が宿場を駆け巡っているらしい。さっき、ちらりと薬屋をのぞいたのだが、そこでも主人と客がそんな話をしていた。

海が赤くなると火事が出やすいなんて、変な話である。

つい好奇心にかられて、

「いつから、そんな噂が出回ったのだ？」

と、彦馬は馬子の一人に訊《き》いた。

「海が赤くなってからすぐなんだろうな」

「海が赤くなったのは？」

「今朝だよ」

それにしては速い。噂が飛び交うのはたしかに速い。ネズミ算式に伝わっていく。

だが、これは誰かがわざとばらまいた噂かもしれない。

「ほんとにそんなことがあったのか？　赤潮のときに火事が出たなんて？」

と、彦馬は飲み屋のあるじにも訊いた。

「ここではまだないですが、駿府《すんぷ》や小田原《おだわら》ではそんなこともあったらしいですよ」

「ふうん」

そんなことは聞いたことがない。

「でたらめか、雙星？」

と、静山が訊いた。

「でたらめでしょう。赤潮と火事は何の関係もないと思います。なんだか、噂の裏が気になりますね」

噂というのは、なかなか奥深いものがある。何の根拠もないでたらめという噂もあるが、それはそれなりに別の意味合いがひそんでいたりする。

だが、江戸にいたときならともかく、そんな宿場の謎なんかに関わっている暇はないだろう。

二人で二合ずつほど飲むと、

「もう一軒、行こう」

と、静山が言った。

静山はどっしり腰を落ち着けてという酒ではない。店の雰囲気がわかると、飽きてきたりする。彦馬はいっしょだったわけではないが、静山と一晩に十四軒の飲み屋を転々としたことがあると、千右衛門から聞いていた。

彦馬も静山ほどではないが、酒だけ飲んで満足という飲ん兵衛ではない。店のようすや客の違いも観察したい。だから、気持ちはわかるので、

「そうしましょう」

と、立ち上がった。

港のほうまでもどって来ると、弁才船《べざいせん》が接岸されているところだった。おなじみの波型の商標が描かれた帆がたたまれるところだった。

「お、西海屋が入ってきたところだ」

江戸に向かう定期便である。さまざまな物資を積んで、日本中の海を行き来しているのだ。

「あ、静山さま」

見覚えのある手代が駆け寄ってきた。

「うむ。千右衛門から何か伝言はあるか？」

「ございます。予定の船はすこし遅れて、七月になってしまうそうです」

小声で言った。

「そうか」

まだ急がなくていいというので、今晩は、陸《おか》で寝ることにした。荘助にも、もしかしたら泊まるかもしれないと言ってきてあった。

夜更けて――。

静山と彦馬が宿泊した宿を取り巻く者たちがいた。四天王たちである。

船は使わず、陸路を馬で追って来ている。くノ一の織江も、機会を見て陸から船に移るつもりだろうから、やはり陸側にいたほうがいいと判断したのだった。

「ほう。静山と織江の夫は、今宵《こよい》は陸に寝るらしいぞ」

児島専六は面白そうに言った。

「では、わしらは隣の宿に泊まるか」

そう言って、羽佐間仁十郎が宿の者に声をかけ、空きがあるか尋ねた。

四人泊まれるというので、わらじを脱ぐことにする。

「くノ一が来るかな」

「わからぬ。だが、今宵は二人ずつで見張ることにしよう」

このところ、寝ずの番は一人ずつ三交代でやってきた。二人で見張れば、拉致《らち》するのも楽である。

「では、わしと羽佐間仁十郎が」

と、児島専六が言った。

「では、わたしは浅井権乃丞どのと」

森一平がそう言うと、

「悪いが部屋は別々にしてもらう」

と、浅井権乃丞は言った。

他人といっしょだと眠れないなどという理由ではない。部屋が乱雑になってしまうのが嫌なのである。

四天王の一人、一刀流の遣い手である浅井権乃丞は、とにかく几帳面《きちょうめん》である。なにか、乱れたものや、だらしないものがあると気になってたまらない。

しかも、森一平は煙草好きである。のべつ煙草に火をつける。煙は我慢できるが、あの煙草の葉や灰をぱらぱらとまき散らすのが嫌である。畳にそれを落として平気でいると、怒鳴りつけたくなる。

森の隣の部屋に入った。だが、すぐにすっと眉《まゆ》をひそめた。

「女中」

膳《ぜん》を運んでいた女中を呼びとめた。近所の農家からでも来ているのだろう、化粧っけのないおどおどしたようすの娘である。

「はい」

「この部屋は曲がっているな」

六畳の部屋だが、何の加減か、隅の一畳分がわずかに斜めに切ってある。

「いいえ」

「曲がっている。替えてくれ」

有無を言わさぬ口調である。

「わかりました」

怯《おび》えた口調でうなずいた。

だが、なかなかもどってこない。

次に通りかかった別の肥った女中に声をかけた。

「さっき部屋を替えてくれと頼んだのにまだ、なにも言って来ないぞ」

「すみません。皆、忙しくて」

「ここは曲がっているから替えてくれ」

「でも、もう北側の部屋しか空いていませんよ」

「それでよい」

浅井は移った。真四角の四畳半である。狭いとか北向きで陽が当たらないなどというのは気にならない。なまじ、掛け軸だの盆栽だのがないのもいい。そんなものがあると、わざわざ片づけてもらうときもある。

浅井は部屋に満足すると、中庭に出た。

寝る前に四半刻ほど剣を振る。

それはどんなときも怠らない。今年、二十八になったが、二十年以上つづけてきた習慣である。そのかわり、だらだらと長い稽古《けいこ》はしない。完全に集中した四半刻。これ以外の稽古はしない。

浅井には剣における動かし難い美学がある。それは、ただ一太刀、というものである。

剣を振り回すのはみっともない。

一太刀で斬る。

これまでの勝負もすべてそれで勝利してきた。〈一太刀権乃丞〉という綽名《あだな》もそこから生まれた。

浅井が剣の稽古をするのを、二階の窓辺に立って羽佐間仁十郎と児島専六が見ていた。もちろん浅井も、自分が見られているのは知っているはずである。

「きれいな剣だな」

と、羽佐間仁十郎が言った。

「きれいなのかね？」

児島は剣をほとんど遣わない。ひたすら弓だけを稽古してきた。だから、剣の巧拙についてはあまり知らない。

「無駄な動きがない」

そう言った羽佐間は、短槍《たんそう》を得意とするが、剣にも励んできた。そこらの剣士は、足元にも及ばない。

「あの男が曲者《くせもの》を叩《たた》き斬ったところを見たことがある」

と、児島専六は言った。

「ほう」

「ただ一太刀。しかも、相手に思い切り接近して、袈裟《けさ》がけ」

「それは難しい剣だぞ」

「そりゃあそうさ。何人かが、どうすれば、そんな剣を遣えるのだ？　と、訊《き》いていた」

「何と答えた？」

「斬られるのを恐れないからだと」

「本心かね」

羽佐間仁十郎は首をかしげた。どんな武芸者でも斬られるのを恐がらない者はいない。むしろ、恐がるからこそ強くなる。

「嘘ではない。なぜ、恐れないか。やつには辛《つら》い過去があった」

「話したのか？」

「自分では言わぬさ。だが、あいつの友人で知っている者から広まったらしい」

「なんだ？」

「それは、母が一太刀で斬られて死んだのを見たからだというのさ。しかも、あの男を助けるために」

「それは……」

　羽佐間はしばらく言葉を無くした。

　さぞかし辛い記憶だったろう。だが、武芸者というのはかならず何か辛い気持ちの二つや三つは持っている気がする。

「だから、浅井は自分も斬られて死ぬのは当たり前と思うようになった。母のように死ぬのが何を恐れる必要があるのか、というわけさ」

「それで、ぐっと近寄ることができるのか」

「相手にはためらいがある。どんなに腕の立つ剣客でも、ためらいがある」

「そりゃあ、そうだ。あの松浦静山にもあっただろう」

「ほう。そなたも感じたか。あのとき対峙《たいじ》したとき、わしも、静山のためらいがはっきり見て取れた」

「あのとき静山は鳥居もふくめてわしら五人を斬ろうとしたのだ。だが、戦闘が始まれば、わきにいた織江の夫も斬られることを予想した。おそらくは、それがゆえのためらいだった」

と、羽佐間は言った。

「同感だ。だが、浅井はためらわぬぞ」

「だから、浅井は静山にも勝つと」

見ていると、浅井は大きく一歩を踏み出す。刀を振り下ろす。袈裟がけ。ただ一太刀である。

二

朝、彦馬は静山とともに海辺に出てみた。

海面が真っ赤になっている。朝日の下で気味が悪いくらいである。においも昨夜よりきつい。

「わしも一度、見たことがあるが、それよりもずいぶん赤いな」

静山は岸壁から身を乗り出すようにして、海面を見た。

「赤潮もいろいろです。このように赤いものもあれば、みかん色をしているときもありますし、もっと鈍い赤茶色のものもあります」

「うむ。わしが見たのはそうだった」

「あいつら、足を洗ったと思っていたのですが……御前。気になるのでちょっとだけかまいませんか？」

「いや、わしも行く」

彦馬が先に、静山は半町ほど離れて、二人のあとをつけた。

変装はしているが、彦馬にはすぐわかる。江戸にいたときとよく似た変装である。

本陣のあたりまで来て、中を窺《うかが》いながらうろうろしている。

やはり、何か怪しい。これから、盗みでもしようという態度である。

彦馬は近づいて、

「おい。ひさしぶりだな」

と、声をかけた。

「これは、これは。雙星の旦那《だんな》」

「懐かしいですね」

金蔵銀蔵《きんぞうぎんぞう》は笑顔を見せた。

もっと驚くかと思ったが、驚きもしないし、悪びれもしない。悪事を企《たくら》んでいるのではなかったのか。

「里帰りですか？」

「寺子屋の師匠はどうしました？」

などと逆に訊かれた。

「そんなことよりお前たち、もう泥棒はやってないよな？」

「え」

「あれだけ子どもにも諭されたんだからな」

泥棒も義賊であれば恰好《かっこう》がいいと信じていた二人に、子どもたちは「しょせん盗人は盗人だ」と、厳しい判断を下したのだった。

「だから、泥棒はやってませんよ、な」

と、金蔵は銀蔵に言った。

「やってませんよ、泥棒は」

銀蔵はそう言って目を逸《そ》らした。

「なんか怪しいんだよな」

「やだなあ。おれたちの顔を見てくださいよ。これが悪いことをする顔ですか？」

「どおれ」

と、彦馬は二人の顔を交互に見た。ちゃんと目を合わせてくる。

「うん」

彦馬はうなずいた。

確かにそうなのである。どう見ても人のいい善良な顔で、この顔で悪党だったら、人間の顔というのはでたらめで付け替えるお面みたいなものになってしまう。

——では、この二人はここで何をしているのか？

彦馬は本陣の中を見た。

大名行列が入っているのだ。玄関口にまだ置いてある長持についた家紋などから、誰の行列かはすぐにわかる。

肥前鍋島藩《ひぜんなべしま》だった。


雙星彦馬と金蔵銀蔵との話が終わるのを待っていると、

「あ、これは松浦さま」

静山は後ろから声をかけられた。

「おう。間垣巳之蔵《まがきみのぞう》どの」

知り合いの用人だった。静山はとにかく顔が広いし、九州の藩の用人とはしばしば集まって酒を飲んでいる。

間垣は中津《なかつ》藩の用人湯川太郎兵衛《ゆかわたろべえ》とも親しく、ひそかな思いを隠しているのはわかる。機会があれば、連携を模索したい人物の一人だった。

「いま、殿もご挨拶《あいさつ》を」

「よいよい。わしもいま、忙しくて」

会ってしまえば立ち話だけとはいかない。

そこらは間垣も心得ている。

「ところで松浦さま。海を賑《にぎ》わす幽霊船の噂は？」

「うむ。聞いた」

と、白ばくれた。

「わたしは、その船というのは抜け荷専用の船ではないかと疑っているのですが」

「ほう」

「そんな面白いことを考え、しかも実行できるのは松浦静山さましかおらぬだろうと」

笑顔でそう言った。冗談めかしているが、本気なのだ。

「そなたも冗談がきつい」

静山も笑って返すが、強く否定はしていない。

「それはいいのですが、どうもよくない話がありまして」

と、間垣は眉《まゆ》をひそめた。

「なんだな？」

「どうもこの幽霊船の案はいいというので、唐土《もろこし》ばかりかシャムあたりの海賊たちも真似をし始めまして」

「真似を？」

それは聞いていない。

「次々に幽霊船が出没しています。なにせあのあたりの海賊ときたら、うじゃうじゃいますでしょう。それが総出でくり出して来た日には……」

「うむ」

日本の海は幽霊船で埋め尽くされる。

しかも、静山の計画はやりにくくなり、大いに齟齬《そご》をきたすことになるだろう。

予想していなかったが、いざ聞くと、意外な事態ではないのだ。

「幕府も警戒を強めていまして、探索船も出始めています。いや、松浦さまが関わっていないのならよいのですが、万が一と思いまして」

「ご心配に感謝する」

と、静山は頭を下げた。

と、そこへ——。

彦馬がもどって来た。

「どうした？　あいつらは悪事を白状したか？」

「いえ。だが、どうも心配で……御前。ここで、もう一泊できませんか？」

「おう、かまわぬ」

「気になることがあるので」

結局、今夜は宿を移して、本陣のすぐ目の前の店に泊まることにした。


「宿を移したぞ」

児島専六は首をかしげた。

「やはり、くノ一と会ったのではないか？」

浅井権乃丞が言った。

「いや、そんなことはない。まだ、近づいてはおらぬ」

森一平が強く否定した。四天王の中ではいちばん忍びの術の素養がある。見張ることに抜かりはない。

「しかし、あの静山といい、くノ一の夫といい、どうも、やることが読めぬな。いったい何をしようとしているのだ」

羽佐間仁十郎は首をかしげた。

「鍋島と松浦で何か企んでいることでもあるのだろうか」

児島がそう言った。

「鍋島の行列が入ってきたら、やつらは本陣の前に宿を移した。ということは、それは大いにありうる」

浅井がうなずいた。

「それにくノ一がどうからむのだ？」

森が訊《き》いた。

「くノ一がからんでいるとは限らぬ。いずれにせよ、われらも宿を移し、今宵《こよい》も静山たちの見張りを怠るわけにはいくまいな」

羽佐間がうんざりしたように言った。

三

翌朝──。

こっちの窓から見える本陣の玄関先が何となく慌ただしい。

静山はしばらくようすを見ていたが、

「雙星。何かあったようだな」

と、訊いた。

「ええ」

彦馬にはもちろん、もしやという思いがある。金蔵銀蔵が何かやらかしたのではないか。

とりあえず、行列は先に発《た》つことになったらしい。が、用人の間垣と、腕の立ちそうな四、五人の武士が残った。

静山はそこまで見届けると、表に出て行って、

「どうなされた？」

と、静山が用人の間垣に訊いた。

「はい。じつは……盗人にまずいものを盗まれました」

「何を？」

「異国の金貨」

間垣は声を低めた。

「それはまずい」

静山は顔をしかめた。

ご禁制の品である。だが、ひそかな交易をおこなうときは必要になる。静山も幾種類かは内密に所持している。

「火事が出やすいという噂もあって、すぐに持ち出せるところに置いたのも失敗でした」

「あれは目立つものですぞ」

「ええ。出回って、出どころを探られたりした日には、かなり面倒なことになりま

す」

「しかも、いまは幕府の密偵どももここらをうろうろしている」

「なんと」

「して、どうなさるのじゃ？」

「当藩の忍びの話では、ほんのわずかな隙を突かれたが、遠くまで逃げた形跡はないと」

「ほう」

「この周辺をしばらくは見張るべきだろうと」

「なるほど」

静山はうなずき、いったん宿に引き返した。

「何かわかりましたか？」

と、彦馬が訊いた。

「まずいことになった。鍋島藩が異国の金貨を盗まれた」

「それは……」

「あの金蔵、銀蔵らのしわざだろう。見つけて叩《たた》き斬ってやる」

と、静山は怒った。

「御前。お待ちを」

彦馬は静山をなだめた。

「なぜだ。盗人をそこまでかばうのか？」

「金蔵銀蔵は近くの祠《ほこら》で寝ています。わたしが聞いてきます」

彦馬は昨日聞いておいた二人の隠れ場所に急いだ。

「お前たち、正直に言わないと、本当にまずいことになるぞ」

まだ寝惚《ねぼ》け眼の金蔵銀蔵に彦馬は言った。

「でも、おれたちは」

「何もしてませんよ」

金蔵銀蔵に嘘をついているようすはない。

「赤潮の噂の意味もわたしはわかった。火事が出やすいという噂をばらまいて、大事なものはすぐ持ち出せるようにさせておく。つまり、泥棒にとって、盗み放題の状況をつくらせたのだろう？」

「よくわかりましたね」

「では、鍋島家から何かを盗んだのもお前たちだろう？」

「それが違うんですよ」

「たしかに、赤潮と火事をからめて、噂をばらまくというのは、おれたちが始めたやり方です」

「それ、見ろ」

「でも、ここんとこずっとやってこなかったんだよ」

「ここのもおれたちじゃないよ」

「本当か？」

「本当ですって」

「やったのは、小田原の雲二郎《くもじろう》という悪い野郎です。おれたちの戦法を盗みやがって。みみっちい男だぜ」

「お宝はあのあたりにあるはずですよ」

「あのあたり？　本陣の中か？」

「そう。お大名たちが出て行ってから、悠々といただくつもりなんです」

金蔵が言うと、

「だが、それをおれたちがいただく」

銀蔵はにんまりした。

「どういうことだ？」

彦馬は首をかしげた。

鳥居耀蔵が江戸にもどるのと入れ替わるように、四天王のもとにお庭番の川村真一郎が姿を現わした。

「まだ、こんなところにおられましたか？」

川村はへりくだった口調で訊いた。

お庭番はけっして身分が低いわけではない。ここから遠国《おんごく》奉行にまで出世する者もいる。だが、どうしても陰の存在にならざるを得ない。それが、鳥居や四天王たちの態度にも現われ、しばしば腹立たしい思いを感じてしまう。

「うむ。やつらの船は意外に遅い船足だ」

と、児島専六は答えた。

「もっと先に行っているかと思ってましたが、もう追いつきました。鳥居耀蔵はどうしました？」

「江戸にもどった」

「江戸に？」

「あやつ、くノ一の織江という女を上さまの人身御供《ごくう》にしようという魂胆みたいだったが、織江というのはどういうくノ一なのだ？　どれくらい腕が立つのか、鳥居の話ではさっぱりわからぬ」

と、児島が言った。

「あれは、天守閣のくノ一と言われた雅江という下忍の娘です」

「天守閣のくノ一？」

「くノ一たちの力量を言い表す符牒《ふちょう》のようなものです。城でもせいぜい、三の丸や二の丸程度までしか忍び込めないくノ一がほとんどです。雅江は、本丸どころか天守閣まで潜入できたということで、そう呼ばれたわけです」

「ほう。血の筋はよいわけだな」

児島がうなずいた。

「天守閣のくノ一と呼ばれた者がもう一人いました。浜路《はまじ》といいました。これを織江の刺客として差し向けましたが、織江に倒されました」

「なんと」

児島だけでなく、ほかの三人も緊張した顔で川村を見た。

「あれが抜け忍になってから、まもなく一年。そのあいだにも成長したのでしょう」

「なるほど。かなり腕が立つわけだ」

「あれに勝てる者はお庭番の中ではもはやわたしだけ」

川村は四人を見て言った。

「ふん」

森一平はせせら笑うようにそっぽを向いた。だが、川村が、

「しかも、織江の父はおそらく松浦静山」

そう言うと、

「なに！」

顔色を変えた。

動揺はほかの三人にも現われた。

「松浦静山と、天守閣のくノ一と呼ばれた女の娘なのか」

「三人の資質をうまく受け継いでいたとしたら……」

「それは容易な相手ではないかもしれぬな」

四天王たちのつぶやきをよそに、川村は窓を開け、後ろに広がる赤い海を見た。

彼方《かなた》に碇《いかり》を降ろした幽霊船に近づく小舟は見当たらない。

四

「泥棒から盗むだと？」

彦馬は呆《あき》れた声を上げた。

「ええ。善良な人から盗むのは泥棒ですが、泥棒から盗んだものを取り上げるのは、

何か別の言葉で言ってもらいたいですよ」

「そう。泥の棒ではなく、金銀棒とかね」

双子の金蔵銀蔵は、自慢げに言った。

「だが、いくら泥棒から盗んでも、それを自分のものにしていたら、やっぱり泥棒ではないか」

「自分のものになどしませんよ」

「え？」

「貧乏人やいい人間から盗んだものは、盗み返して、盗まれた人に返してやるんですよ」

「返すのか」

「ただし、盗まれて当然というやつだったら、返さずに、貧乏人に分け与えてやるんです」

「はあ」

「仕事はちゃんとやってますよ」

「駕籠《かご》屋として真面目に働き、それで飯を食ってます」

「おれたちは一銭たりとも自分の懐には入れてません」

「どうです、たいしたもんでしょう？」

金蔵銀蔵は交互に言って、胸を張った。まったく悪びれていない。いいことをしているのだと、自信満々である。

彦馬からすると、そのいい人間、悪い人間を自分たちが判断するというところに危なっかしい感じがある。

「それで、今度も鍋島藩から盗んだやつから盗み返すというのか？」

と、彦馬は訊《き》いた。

「はい」

金蔵銀蔵は同時にうなずいた。

「そううまくいくのか？」

「ま、細工は流々、仕上げをご覧《ろう》じろ」

「ふうん」

「ほら、あそこによしずの古くなったやつが立てかけてあるでしょ」

と、金蔵は本陣の裏庭を指差した。

「あるな」

「あの裏側から出入りができるんです。何気なく隠してあるので目立たないんですが」

「向こうに何かあるのか？」

「掘っ立て小屋に小田原の雲二郎という泥棒が隠れているんです。本陣のお大名のお宝は、あの中でちょっと動かしてあるだけなんです。それで、お大名が立ち去ったあとに、ゆっくり忍び込んでそれらを盗む。でも、それより先におれたちが頂戴《ちょうだい》するってわけで」

「それで、お大名のものはどうするのだ？」

「ここは、難しいところなんです。お大名がいい人か悪い人かなんて、おれたちにゃわからない。でも、お宝を盗めば、きっとそのしわ寄せが下っ端の者にかかってくる。それなら、盗まれたものは返してしまおうってことで」

「なるほど。だが、いなくなったら返しようがあるまい」

「旦那《だんな》、お大名なら一年ごとにここを通りますから、そのときに」

「なるほどな。でも、それだったら、泥棒に説教して、悪事をやめさせるほうが早いんじゃないか？」

「説教して聞くくらいならそうします」

「雲二郎は駄目か？」

「お釈迦《しゃか》さまが直接、言い聞かせたって聞くやつじゃありません。いままでも、あいつからは五、六回は、盗み返してやったのですが、まるで反省する気配は見せませんね」

「そんなやつにまで手口を真似されたんじゃな」

「ふざけた話ですよ」

金蔵銀蔵は憤慨していた。


彦馬はこの話を静山に報《しら》せた。

「なに。小田原の雲二郎というのが、金蔵銀蔵が始めた手口を真似しただと」

「はい。金蔵銀蔵のしわざじゃありません」

「わざわざ金蔵銀蔵の手口を真似たというわけか」

「それでずいぶん怒ってました」

「初めてではないのだろうな」

と、静山はつぶやくように言った。

「え、何がでしょう？」

「金蔵銀蔵が、雲二郎の盗んだものを奪うことさ」

「ああ。五、六回は盗み返してやったと自慢してましたよ」

「雙星。金蔵銀蔵はどこにいる？」

と、訊いたときには、静山はもう刀を差している。

「本陣の裏手にある、古い神社の祠《ほこら》に」

「それは罠《わな》だ。金蔵銀蔵があぶないぞ」

静山が飛び出した。

彦馬もあとを追う。

本陣の玄関口に鍋島藩の間垣がいて、

「松浦さま。どちらに？」

と、訊いてきた。

「例のものを取り返してやる。そのまま待たれいっ」

静山は間垣のわきを駆け抜けた。

静山の急ぎっぷりに、見張っていた四天王たちも驚いたらしい。

「なにごとだ」

とばかり、宿から飛び出してきた。


「よくも、わしらに恥をかかせやがって」

そう言って、あぐらをかいていた金蔵の顔を、小田原の雲三郎が足で蹴《け》った。

「うっ」

金蔵は後ろにひっくり返った。

銀蔵もすでに何度も殴られたらしく、鼻から血を流している。

雲二郎は、いかにも悪党そうな面構えである。顔中に真っ黒い髭《ひげ》を生やし、目が短刀の先のように凶暴な光を帯びている。

その雲二郎の周囲には、大勢の男たちが立っていて、金蔵銀蔵に向けて抜き身の刀を突きつけている。

これまで金蔵、銀蔵に恥をかかされた東海道筋の盗人どもが共謀し、雲二郎と組んで仕返しを試みたらしかった。

「赤潮の嘘の話をばらまけば、お前らが出てくるだろうと思ったのさ」

「赤潮が出なかったら、どうするつもりだったんだ？」

金蔵は雲二郎を見上げて訊いた。

「そしたら、金蔵銀蔵が狙ってるって、言って回るだけだろうが」

「助けて、と言っても無駄だな」

銀蔵は居直ったふうに言った。

「どうする、みんな？」

と、雲二郎が周囲を見回した。

「一人一突きってことでやるか？」

「ああ、それでいいよ」

盗人たちがうなずいたときである。

祠の戸が開くと、近くにいた者から順に、ぽんぽんと外に飛びはじめた。なにやら、勝手に自分で飛び上がっては、自分から外の地面にぶつかっていっているみたいに、奇妙な動きである。

そのくせ、「痛い、痛い」と、のたうち回っている。

「何してるんだ、おめえたち？」

と、雲二郎が啞然《あぜん》として訊いた。

よく見ると、六十は越えていそうな老人が一人、祠の中に入って来ていて、この老人がちょっと身体を動かすと、盗人仲間がぽぉーんと外に飛び出してしまうらしかった。むろん、松浦静山である。

「なんだ、爺い？」

「金蔵銀蔵を助けに来たのさ」

「なにい？」

雲二郎たちがいっせいに刀を向けたとき、静山が刀を抜き放ち、さあっと一閃《いっせん》させた。

「うわっ」

「ぎえっ」

祠の中に悲鳴が満ちた。

もう一閃する。ぱらぱらと何かが床に落ちていく。見るとそれは指であったらしい。いまは、小さな落としものになって、転がっている。もはや十幾つどころではなく、どれが誰のものやらもわからない。

「た、助けて」

「に、逃げろ」

雲二郎たち盗人は、祠から転がるように飛び出して行く。

「逃がすか」

静山は剣をふるいつづけた。峰打ちらしいが、やられたほうはてっきり首が落ち、背が斬り裂かれたように思えるらしい。皆、恐怖と痛みに喚《わめ》きながら、祠の周囲を転がりつづけた。

「金蔵銀蔵。早いところ雲二郎が盗んだものを、本陣の前にいる武士たちに返してやってくれ」

と、静山が言った。

「わかりました」

金蔵銀蔵は嬉《うれ》しそうにうなずいた。

追ってきた四天王のほうはというと——。

ただ静山の強さにあっけに取られるばかりだった。

五

鳥居耀蔵は、江戸城にもどると、すぐに中奥で将軍家斉に拝謁した。

「上さま」

「む。鳥居、首尾はどうだ？　例の、ほれ、何と言ったか、くも、くも、牝蜘蛛《めすぐも》だったか？」

「くもではございませぬ。くノ一でございます」

「うむ。尻《しり》から糸を出すのだったな」

「いろんな術を使いますが、それはできるかどうか」

どうやら、おかしな妄想を逞《たくま》しくしていたらしい。もっとも、できなかったら、訓練させればいいだけの話である。

「もう、連れて来たのか？」

「はっ、じつは、くノ一の夫の雙星彦馬と申す男が現われまして、これが妻は渡さぬなどと申しました。そこに、松浦静山もいて、雙星をかばうようなことを言い出しました。しかも、四天王は四天王で、わたしが上さまにけしかけたから、上さまも食指を伸ばしただけのこと。上さまのご意向を確かめてくるべきだと、面倒なことを言い出しまして」

「妻は渡さぬとな。そのあたり、くわしく申せ」

と、家斉は身を乗り出した。

「はっ」

鳥居は語った。

「上さまには色好みのうちの一人かもしれないが、わたしにとってはただ一人だけの女。そんなふうにぬかしました。それでわたしが、女は星の数ほどいるだろうと申しますと、それにもうなずかずに、ほかはいない、この世にたった一人だと。雙星彦馬はそのようなことを言いました」

「え？　この世にたった一人……」

家斉は瞬時、少年のような顔になった。

「たった一人だと、雙星彦馬は言ったのか」

「はい。頭の悪い男の、思い込みというものでございましょう。こういう男はまた、仕事もろくろくできなかったりします。機転というものが利きませぬから。しかもそれは、上さまの治世に逆らうようでございますな」

「痛いな」

と、家斉は胸を押さえた。

「は？」

「胸が痛いな」

「なにか？」

「その者たちの心根が、わしの胸を打ったような気がするのじゃ」

「そんな」

なんと思いがけない反応ではないか。将軍ではなく、もうすこし下の官僚であったら、「打たれるような胸がありましたか」と、厭味《いやみ》の一つも言ってやりたい。

「鳥居」

「はっ」

「もう、よい。打っちゃっておけ」

「え？」

「もし、間に合わずに四天王たちが静山や雙星彦馬を殺していたら、織江は解放してやって、男たちの菩提《ぼだい》を弔わせてやれ」

「だが、逆もあり得ます。なにせ、松浦静山は心形刀流の達人だとか」

「静山に倒されていたら、あきらめろ。兵は引きぎわが肝心だ。援軍も出さぬ。これで終わりだ」

「なんと」

鳥居耀蔵はまるで予想していなかったなりゆきに唖然となった。

「下がれ。そのほうは、いつもの仕事にもどれ」

「ははっ」

鳥居耀蔵を蹴《け》るようにして追い出すと、十一代将軍徳川家斉は中庭の前に立った。

茶坊主がオットセイのイチモツを粉にし、湯に溶かしたものを持ってきた。遠い昔、家康《いえやす》が愛飲したというものである。家斉が毎日、何種類も飲む強精薬の一つだった。

それを一口ふくむと、家斉は茶坊主に訊《き》いた。

「昨夜までで何人になったかな?」

抱いた女の数である。

「はい。昨夜の二人で三千三百八十七人になりました」

茶坊主は淀《よど》みなくその数を言った。今朝、大奥からもどった家斉の言葉を書きとめていたからである。

帳面には、名前と、とくに際立った特徴があったときだけ、それを記した。昨夜は「しず」と「はま」。「しず」にだけ、「鶴に似た声で鳴いた」と、記した。

三千三百八十七とは、途方もない数である。目標があるわけではないらしい。家斉が言うには、「淡々と積み上げていく数」なのだという。

ただ、先輩の茶坊主によれば、数は正確ではないらしい。まず、数を記し始めたとき、すでに五百近くいっていて、思い出せない女も相当数あったからである。

その記憶の欠如を埋めるため、複数回相手をした女も、一人として数えるようにした。なかには五十回以上相手を務めた女もいて、しかも同じ名前の女もいることから、「結局、どれくらいの誤差があるかはまるでわからない」と、先輩の茶坊主は言っていたのである。

「千五百を超えたころからだろうか、わしはときおりふっと思うようになった。もしかしたら、たった一人いればいいのではないかと」

と、家斉は言った。

「……」

茶坊主は黙って聞くだけである。頓珍漢《とんちんかん》な返答でもしようものなら、途端に気分を害するのだ。

「もし、わしがその結論を見出《みいだ》してしまったとき、これまでを振り返って、わしはどれだけ索漠たる思いを味わうのかと、それが怖いくらいだった」

「……」

「わしは、求めているものがどんどん遠ざかっているような気がするのじゃ」

「……」

「間違った道を来たかな」

「……」

家斉はいつもと違っている。ひどく切羽詰まった声音である。何か言わなければいけないのかもしれないが、茶坊主は何と言ってよいのかわからない。

「だが、もはや引き返すわけにはいくまい。引き返したら、一人になるわけではあるまい」

「御意」

茶坊主は、やっとそれだけ言えた。

「なんと空しい世の中なんだろう。わしが支配するこの世というところは」

家斉はため息とともに言った。

「にゃあお」

と、猫が鳴いた。

「にゃあお」

と、雙星雁二郎も鳴いた。

長崎の港を見下ろす丘である。ここらは野良猫も多い。

雁二郎はおかしなことをしていた。ずっと、猫の真似をしているのだ。

いまは、猫と向かい合って、鳴きながら互いに回っている。

猫そっくりである。芸として猫の動きを真似ているのだろうか？　猫の真似など、雁二郎がやる芸ではなさそうである。だいいち、雁二郎には〈犬のぷるぷる〉という凄《すご》い芸がある。いまさら猫の芸はいらないだろう。

だが、雁二郎は真剣である。

向かい合っているのは大柄な虎模様の猫で、近くにいる黒猫や白猫たちもなにごとかとこっちを見ている。

猫もだんだん不気味になってきたらしい。

「しゃあーっ」

という声を出して、毛を逆立てた。

「しゃあーっ」

雁二郎も真似た。

猫は怒って、いきなり雁二郎に爪を立てた。

「痛たたた」

ひどい傷である。額から左目にかけて、くっきりと三本の筋がついた。血も流れてきた。

「別に喧嘩《けんか》をしたいわけじゃないんだけどな」

雁二郎はそう言って、次に黒猫のほうに近寄っていく。

黒猫も気味悪そうに、「ぎゃあ」と鳴いた。

およそ一刻《いっとき》はそんなことを繰り返していたが、

「そろそろ御前や父上を迎えに行くか」

と、雁二郎は立ち上がった。

第三話　船幽霊

一

紀州の周参見《すさみ》を出て、四国をめざしている途中である。

天気にも恵まれていたので、この日は夜も船を走らせていた。周参見で西海屋の伝言を受け取ると、南蛮船の到着が予定より少し早くなったという。できれば同じ日に長崎の沖合で出会いたいが、それは天候の運にもよるだろう。

順調な帆走をつづけていたが、突然、
ダッボーン。

という音がした。大きな重いものが海に落ちた音である。

「おい、誰か落っこちたんじゃねえのか?」

と、荘助が怒鳴った。

めずらしいことではない。酔っ払った水夫が落ちたり、尻《しり》を突き出して大の用をしているときにはずみで落ちたりもする。

甲板にいた者はそれぞれ別の方向を見ようと、身を乗り出して海面を眺めた。

誰もいない。

海は凪《な》いでいる。波の音もねっとりしている。何の波紋も見えない。月明かりもあって、人が落ちていたりしたらすぐにわかる。

「何だったんだ、さっきの音は？」

「魚でもはねたんだろ」

「そうだ。ここらはよく鯨が出るんだ。陸《おか》からすぐのところまで来たりするくらいだ」

「いや、鯨なんか見えねえよ」

「だったら、幽霊でも出たか」

生温かい風が吹いている。

うっすらとした明かりが、ないはずのものをあるように見させたりする。

「こういうときは、船幽霊が出るんだよな」

「やめてくれ、その話は」

むくつけき水夫が怯《おび》えた声を上げたりする。

「おい、もう少し進むんだ。皆、持ち場についてくれ」

楫取《かじとり》の荘助は大声で言った。

「風が足りないな。櫓《ろ》を漕《こ》いでくれ」

彦馬が言った。

そのとき、犬の鳴き声がした。

ううう、わん、わん、わん。唸《うな》ったあとに三度鳴いた。

「え？」

皆、驚いて顔を上げた。船首のほうで聞こえた。だが、船に犬などいるわけがない。

船室で横になっていた静山も起きてきた。

「犬の鳴き声がしたな」

皆、恐る恐る船首のほうに近づいた。

むろん、いるわけがない。にゃん太がいた。

「お前が、ワンと鳴いたか？」

彦馬が首をかしげながら言った。

翌朝――。

水夫たちは皆、寝不足で目が赤い。

「おめえも眠れなかったか？　おれも駄目だったよ」

「出たよ。気味悪くてしょうがねえ」

だが、何が出たかは、皆それぞれ言うことが違った。

「背中のあたりで夜中にものを食う音がしていた」

と言う者もいた。

船首の下あたりで寝ていた何人かは、

「甲板でずっと花札をやっていた」

と言った。だが、甲板にいた者は、誰も花札などしていないと主張した。

その甲板にいた何人かは、こう言った。

「帆柱の上に誰かいた」

黒くてもやもやしたものが動いていたらしい。

朝飯——といっても、飯とみそ汁をいっしょにしたものに、魚の切り身をどっさりぶちこんだおじやのようなものだが——をかきこみながら、水夫たちは幽霊談義を始めた。

「幽霊ってのやっぱりいるよな」

「昼だから言えるんだけど、そりゃあいるよ」

「なんで昼だから言えるんだ？」

「夜だと恐くて、いると言った途端、そこらに出ていそうで」

「うわっ。やめろよ、そういうこと言うのは」

水夫たちは相当に怯えている。

そんな話を聞きながら、彦馬は静山に訊《き》いた。

「幽霊というのは、やはり本当にいるのでしょうか」

「当たり前ではないか。いるに決まっている」

静山はもちろん信じている。

だからこそ、『甲子夜話』にはそうした話を山ほど載せている。信じていないものをあれほど書くわけがない。

そのうち、船幽霊としたものを二つ三つほど紹介すると——。


わが領海には〈船幽霊〉というものが出現する。これは、海で死んだ者の迷える魂が妖《あや》しいことを為《な》しているものと思われる。

それは、夜に航海をする船を惑わしたりする。

二人の者が城下の海の北、一里半ほどのところまで舟を出し、釣りをして、夜になったので帰ろうとした。この夜は小雨が降り、あたりは真っ暗だった。

北に十余町ほどまで来たときである。二十四反ほどもありそうな大船が、帆を充分に張って、走っているではないか。だが、よく見れば、逆風なのに、帆は順風のように張っているのだ。

船首には火が灯《とも》っているが、炎はない。ただ、赤い光だけが波間を照らしている。その明るさたるやまるで昼のようである。

船中には数人の人影が揺らめいて見えていたが、かたちははっきりせず、目を凝らしているうち、こっちの舟が止まって動かなくなってしまった。

二人は早く逃げようとするが、舟はぴくりともせず、目印にしていた島も海に沈み、方向すら定まらなくなった。

一人が言うに、

「船幽霊は、舟の屋根にしているよしずを焼いて舟の縁《へり》を照らせば立ち去るというぞ」

このとおりにしてみれば、はたして四方は晴れやかになった。ただ、舟が目印にしていた島の岩場に乗り上げようとしていたので、慌てて碇《いかり》を降ろし、危ないところを免れた。

このようにしてさんざん迷わされ、ようやっと元の港に着いたのは一刻以上経ってからのことだった。

また——。

城下南の九里もあるところの志自岐《しじき》浦で起きたできごとである。

夜、舟で帰ってきた男が、途中で急に櫓が動かなくなり、舟が止まってしまった。どうしたのかと見ると、真っ白い顔をした乱れ髪の人が海面に首を出し、櫓に取りすがって動かなくなっていた。溺死体《できし》などではない。ちゃんと目を見開いて、こっちを見ていた。

船幽霊を初めて見たから驚いて、棹《さお》で突き放そうとしたが離れない。舟にあった灰をかけたところが、ようやく離れてくれた。

本当なら闇夜のできごとだから、顔色など見えるはずがないのだが、その表情まではっきり見えたのも不思議だったという。

さらに——。

志佐《しさ》浦というところで、兄弟が夜中に舟を進めていると、風雨が激しくなってきた。そのうちぼろぼろの船に乗った二人がこっちに近づいてきた。見れば白い着物に髪は乱れ、こっちの舟に移ってきたそうにしている。顔色は雪のように白く、兄弟を見て、歯をむき出して笑った。

なんとか逃げ出そうと、必死で舟を漕いだが、ずっとくっついて来る。仕方なく燃えていた薪《まき》をぶつけたところ、やっと離れていき、無事に帰還することができたのだった。

と、まあ、こんな話は数え切れないくらいである。

『甲子夜話』を持ち出すまでもなく、彦馬もこの世には得体のしれないものが何かあるとは思うが、いわゆる幽霊なのか、それはわからない。

また、海というところがさまざまな驚きに満ちていて、奥底から海面へと何が浮かび上がってくるのか、予想できないところもある。

確かに昨夜は、花札の音が聞こえていた。それは彦馬も自分の耳で聞いた。誰かが恐くていつまでも起きて遊んでいるのだろうと思ったが、昨夜は花札など誰もしていなかったらしい。

二

高知の港近くに接岸し、船乗りたちのほとんどが町に酒を飲みに行った。そのため、小舟が何度も行ったり来たりしていた。

静山と彦馬は、海図の狂いについて話し合ったりするうち、陸《おか》に上がる気がなくなり、そのまま寝《やす》んでしまった。

そのうち、町に出た者も全員もどったらしく、小舟が引き上げられる音もしていた。

だいぶ夜も更けて——。

またしても幽霊が出た。

最初のうちはどこかで苦悩の声がしていた。

「うぉお、うぉお」

という吠《ほ》えるような、泣いているような、水夫の誰かが、

「この世を呪ってやがる」

と言ったが、まさしくそういう声だった。

気味は悪いが、船長たるものこれを聞き捨てにはできない。

「見に行くぞ」

「おう」

荘助が応じた。

二人が甲板に出ると、声は熄《や》んだ。

甲板で寝ていた何人かは、隅で腰が抜けたようになっていたが、

「あれを見てください」

と、船首のほうを指差した。

船の先っぽに縄がかかっていた。その縄の先は丸く輪がつくられ、しっかり結ん

であった。

「誰かが、首をくったんじゃないかと思うんです」

だが、それは縄だけで人はいない。

「おい、皆、いるのか？」

荘助が声を上げた。

雲が出ていて、甲板はほとんど真っ暗である。船尾でかがり火を焚《た》いている明かりが、わずかに船首のほうも照らしている。

この騒ぎのため、皆、甲板に出て来たらしい。

「顔もわからねえや。前のほうから番号を言え」

「一」

「二」

「三」

「四……」

「十八」

最後にしたのは静山の声である。

「全員いるぞ」

「じゃあ、何だ。悪い悪戯《いたずら》か」

荘助はそう言って、彦馬を見た。悪い悪戯なら、乗組員を問い質《ただ》すことも辞さないといった顔である。

彦馬は首をかしげた。悪戯にしては手が込んでいる。皆を脅かすというただそれだけのことで、誰があんな船首の危ないところに縄をかけたりするだろうか。

ただ、乗組員を疑ったり、疑心暗鬼になったりはしたくない。

「幽霊もつらいのかもしれない。仲良くしてあげよう」

彦馬がそう言うと、皆はどっと笑った。

弁才船《べざいせん》は荷物を運ぶための船だから、あまり人の旅のためにはつくられていない。それでも今回は荷物を偽装程度の少なめなものにしてあるため、乗組員もわりとゆったり寝ることができていた。

夜になって——。

彦馬は船の中を見回ってみることにした。

やはり、何かおかしい。幽霊なら幽霊でかまわないが、何かを訴えているような、あるいは何か目的があるような気がする。

静山は彦馬のさらに奥で衝立《ついたて》に囲まれて眠っている。近づくと目を覚ますので、遠くから眠っているのを確かめ、次に移った。

船乗りたちはあんなに幽霊に怯《おび》えたくせに、いまはぐっすり眠っている。港の近くに碇を降ろし、天気もそう荒れていないので、見張りも置いていない。

数をかぞえていく。

「……十六、十七、十八」

いちばん奥にいた荘助で十八人。全部いる。

「どうした、雙星？」

荘助が目を開けて訊《き》いた。

「いや、なんか気になってな。寝ている数をかぞえたらちゃんと十八人いた」

「ふうん。数だけじゃわからない。顔を見てみよう」

荘助はそう言って、ろうそくに火を点《とも》した。

今度は、眠っている者の顔を見ながらかぞえた。

「十六、十七」

静山のところで十七。

もちろん自分たち二人も入れている。

「一人少ないぞ」

と、彦馬は小声で言った。

「さっきはいたのだろう？」

「ああ。顔を確かめ始めたら、慌てていなくなったんだ」

彦馬と荘助は上の甲板に出た。

ゆっくり船首から船尾まで探してみる。帆柱も見上げる。誰もいない。

小舟はある。海を眺めても、泳いでいる者などいない。

「そりゃあ幽霊だったら簡単だが」

彦馬はしきりに首をかしげている。

三

「今宵《こよい》は、静山と雙星はずっと船か？」

児島専六が、見張りを交代して来た羽佐間仁十郎に言った。

「そうだな」

「くノ一はまだ現われないか？」

「まったく気配もない。本当に来るのか？」

「わからん。鳥居ももどらぬし」

「なんだか馬鹿馬鹿しくなってきた。もうそろそろ江戸に帰りたいもんだ」

羽佐間仁十郎はそう言って、畳に大の字になった。

「ま、そう言うな。おれは物見遊山を楽しむ気持ちになってきているんだ」

たしかにこの旅で、児島専六はずいぶん酒を飲んでいる。

しかも、うまそうに飲み、土地土地の食いものを味わっている。

「気持ちにゆとりがないと、おぬしのようにしてはいられないいな」

「そう。遊び心というのは、武芸にも大事だからな」

と児島専六は言って、弓矢を手にして宿の庭に出た。

灯籠《とうろう》にろうそくが灯《とも》され、二階の部屋の明かりなどもあって、充分に明るい。

「いまから弓の稽古《けいこ》か？」

あとをついて来た羽佐間仁十郎が訊いた。

「ああ。弓は毎日やらないと勘が著しく悪くなる」

「そりゃあ、皆、そうだろう」

「違う。少なくともわしの弓矢は違う。日々刻々、微妙な条件が違ってくる」

児島専六はそう言って、指先で弓の弦をぽろんと弾《はじ》いた。

「この音で、いまはどれくらいの力で弓を引き絞ればいいかを判断する」

「ほう」

羽佐間は目を瞠《みは》った。

それから、矢を三本、右手に持ち、次々に放った。

「よく見てくれ」

「嘘だろう？」

庭のいちばん端に干してあった桶《おけ》を的にしたらしい。それに、連続して放った矢はすべて命中した。

ただし、それはただ命中したのではない。最初に放った矢を二番目に放った矢が追い越し、それをさらに最後に放った矢が追い越し、放った順番と、的に命中した順番は、完全に逆だったのである。

「凄《すご》いな」

羽佐間仁十郎が的のそばに来て、言った。

「まあな」

「まさか、二矢を一度に放ったりはできまい」

「できるさ」

「では、もう一つ」

と、桶を横に並べた。

「そこには置かないでくれ」

「一度に放って別々に当ててもらおうと思ったのだが」

「やってやるとも。そのかわり、もう少し離すか、上下に並べるかしてくれ」

「おかしなやつだな」

羽佐間は笑いながら二つの桶の距離を三間ほどにした。

「ちっ。新参者めが」

と、児島は小声で毒づいた。

「これでいいか」

二つの的はかなり離れている。

「ああ、いい。いくぞ」

児島専六は二本の矢をつがえ、同時に放った。

二本は同時に別々の的に当たった。

「凄いな」

羽佐間は驚嘆した。

「じゃあ、あとは集中させてくれ」

児島がそう言うと、羽佐間はもどって行った。

すると児島は、的の樽《たる》に近づき、片方を遠くに放った。

「まったく、気味が悪い」

児島は、丸いものが二つ並んでいるというのがひどく嫌いだった。それを見ると、片方を潰《つぶ》したくなった。

なぜ嫌いなのかは自分でもわかっていた。理由はあまり言いたくなかった。だから、人の目も嫌いで、それと自分の目を合わせるのに耐えられないのだ。

子どものときからそうだった。

「目を見て話せ」

と、父親からずいぶん叱られた。ますます苦手になった。

これはあとになって気がついたのだが、弓矢という武器を選んだのは、相手と遠いということが大きかったのではないか。

剣などは戦う相手とすぐ目の前で向かい合う。目も合う。それだけで臆《おく》する気持ちになった。だが、弓矢ならかなり離れていても戦える。

まさに、自分に適した武器だった。

まだ、稽古をつづけるという児島を尻目《しりめ》に、羽佐間仁十郎は宿の部屋にもどった。

「新参者めが」

とつぶやいた児島の声は聞こえていた。

「そう。わしは新参者だ」

と羽佐間は言った。

たしかに四天王では新参者だった。

一人、病の治療のために抜けて、その穴を埋めるため、御広敷伊賀者《いが》から抜擢《ばってき》された。仲間からは羨《うらや》ましがられたが、羽佐間自身は内心、落胆していた。広敷に勤めているうちは、毎日が判で押したように規則的だった。非番の日も多く、家にいる時間はたっぷりあった。

羽佐間は子煩悩だった。四人いる子どもたちが可愛くてたまらなかった。いまも早く家にもどりたかった。訳のわからぬ用事で、このまま西に行くのは勘弁してもらいたかった。子どもだってさぞや待ち焦がれていることだろう。

部屋にもどっても短槍《たんそう》を振り回したりはしない。児島と違って、毎日、あれほど稽古をしたりしない。毎朝、四半刻ほど振るだけである。

――自分はこの武器を極めた。

と、羽佐間は思っている。まず、間違いなく日本一だと自信を持っている。

そもそも短槍という武器を熱心に稽古する者はあまり多くない。それがこの武器を選んだ理由でもある。

剣であれば、日本一になるのは容易ではない。だが、短槍ならなれる。そう思った。そして、短槍で日本一になれば、剣の日本一とも五分に渡り合える。特性を生かすということで考えれば、そうなるはずであった。

部屋では短槍を振り回すかわりに、筋肉を鍛える動きに励んだ。うつ伏せになり、そこから腕の力だけで身体を持ち上げる。これを二百回。

さらに指を立てるようにして、同じ動きを二百回。

次に仰向《あおむ》けになり、腹の力だけで上半身を起こす。これを二百回。

反対に上半身ではなく、両足のほうを垂直に立てる動きを二百回。

今度は立ち上がり、まっすぐ立ったまま膝《ひざ》を曲げ、腰が降りたところで立つ。この動きを二百回。

合わせて千回のこの動きは毎日やった。

仰向けに寝て両足を上げる動きをしている途中だった。

どこか遠くで、子どもの声がした。

「ちゃん」

こんな夜中なのに、子どもがまだ起きて遊んでいるのか。だいたい田舎のほうが、子どものしつけにだらしなかったりする。

「トトさま」

「え？」

羽佐間は娘に呼ばれたような気がして、思わず立ち上がりかけていた。

四

「いなくなったのが誰か、わかるか？」

と、彦馬は荘助に訊《き》いた。

「熊吉《くまきち》という若い水夫だ」

「ああ、熊吉か」

彦馬もよく覚えている。まだ十六、七の若者だった。だが、船乗りの技術はちゃんと身についていた。身体も大人並にしっかりしていた。ただ、表情は歳よりも幼く見えた。

「昼間はいたぞ」

と、彦馬は言った。

何か印象に残ったことがあった。何だったか。

「そうだ、やけにぼんやりして、飯どきもどこかにいなくなってしまったんだ」

昼飯はたいがい握り飯がつくられる。働いている合い間に食べられるからだ。若い船乗りは大きな握り飯を三つほど平らげる。それは見事な食いっぷりである。だが、熊吉は並んだ握り飯をつらそうに見て、どこか陰のほうにいなくなってしまった。

「おれも覚えている。青い顔で元気がなかった。足に力が入ってなくて、船が揺れたら倒れそうになった」

荘助もそう言った。

「具合でも悪かったのかな？」

「どこかで吐いたりしてないか？」

もう一度、二人で船の縁《へり》を一回りした。だが、熊吉はいない。

「そういえば、数日前も元気がなかった」

と、彦馬は言った。

「そうかもしれないな」

荘助もうなずいた。

「もっと、ちゃんと見ていてやればよかった」

と、彦馬は顔をしかめた。

織江のことばかり考えて、若い船乗りのことを忘れていた。何か仕事のことで悩みがあったのではないか。

「もしかして、昨日の夜聞こえた、誰かが飛び込んだような音は、熊吉が飛び込んだんじゃないか」

と、荘助が言った。

「え？」

「今日の昼間、おれたちが見ていたのは、熊吉の幽霊だったんじゃないか」

「……」

「だから、あんなに青い顔で元気がなかった。そりゃあそうだ。生きてる人間じゃなかったんだから」

「おい、本気で言ってるのか？」

船乗りはこの手の話を皆、信じている。

荘助も例外ではなかったらしい。

船の上を風が吹いた。幽霊が出そうな雰囲気ではある。


「どうした、雙星？」

船室へ降りる階段から静山が現われた。二人の声で起きて来たらしい。

「幽霊がいます」

と、彦馬は言った。

「そりゃあ、いるだろう」

「それも、贋《にせ》の幽霊です」

彦馬がそう言うと、荘助は、「え？」という顔をした。

「どういう意味だ？」

静山が話の先をうながした。

「その前に、ちょっと。なあ、荘助。熊吉と歳が近い船乗りがいただろう？」

「いる。長六《ちょうろく》と吟次《ぎんじ》だ。熊吉よりは二つ三つ歳が上だがな」

「ちょっと呼んできてもらえないか？」

荘助は下に降りると、すぐに長六と吟次を連れてもどって来た。

長六も吟次も、いかにも水夫になりそうな荒々しい感じの若者である。町で暮らせば、おそらく喧嘩《けんか》騒ぎなどはしょっちゅう巻き起こすのだろう。だが、それくらいでないと、船乗りの仕事は務まらない。

「熊吉がいなくなったんだ？」

と、彦馬は言った。

「え、ほんとですか」

「昼間はいましたけどね」

「いっしょに町に行ったのか？」

「舟には乗ったのですが、降りるとすぐ、今日は遊ぶ気にもなれねえって、港のところで別れました」

「すごく元気がなかったです。まるで、幽霊みたいでした」

吟次はそう言って、あれ？　まさか？　というような顔をした。

「昨日の夜からの幽霊騒ぎって、もしかしたら」

と、長六が青ざめ、

「熊吉が幽霊だったんですか？」

吟次が震える声で訊いた。

二人とも表情から荒々しさが消え、子どもっぽさが現われた。

「違う。幽霊じゃない。それより、お前たちは熊吉がこのところ悩んでいるのを知っていたか？」

「あ、はい。この三日ほど、落ち込んでました」

「理由はわかってるだろ？」

長六が答えた。

「ええ、まあ」

と、吟次のほうを見た。わかってはいるけど、言いたくないらしい。

「当ててみようか？　バクチで負けたんだろ」

「あ、そうです」

かんたんに認めた。

船乗りはとくにバクチが好きである。

本来、禁止したほうがいい。だが、ずっと船にいなければならない日がつづけば退屈もするし、息が詰まるような思いも抱く。適度に憂さを晴らさないと、やっていけない。

しかも命知らずの荒くれ者に、品行方正を求めるのは無理というものである。

それで、彦馬も黙認していた。

「大負けして、長崎に着いても一銭も家に持って帰れないと嘆いてました」

「いくら負けたんだ？」

「二十両ほどになったみたいです」

「そりゃあ大変だ」

「もう死んでしまいたいと」

「おれたちは止めたんです。馬鹿なこと、考えるなって」

「でも、ほんとに死んじまったんですね」

二人はひとしきり涙をこぼし、海に向かって祈りを捧《ささ》げた。

「そうだな。やっぱり、熊吉は死んだのかもしれないな。今日の熊吉は幽霊だったんだな」

と、彦馬は意見を翻した。

荘助が意外そうに彦馬を見た。

「だいたい、わかった。お前たちはもう寝てくれ」

彦馬はそう言って、若者二人を下に行かせた。

五

「雙星。お前、ほんとに幽霊のしわざだと思ったのか？」

荘助が訊《き》いた。

「いや、思っていない。だが、熊吉はそう思わせたかったんだろうな？」

「バクチの借金をなしにするためだな」

と、静山が言った。

「はい。船を降りて逃げたというと追いかけられるかもしれませんが、借金苦で自殺してしまったというなら、諦《あきら》めてくれますから。しかも、幽霊騒ぎでたっぷり脅しておけば、思い出すことさえ嫌になるでしょう」

熊吉が平戸の者かどうかは聞いていない。壱岐《いき》の島の漁師が何人かいるとは聞いていて、そのうちの一人だったかもしれない。

「なるほど。だが、幽霊騒ぎはみんな熊吉のしわざだというのか。帆柱の上にも怪しげな影が出たりしたのだぞ」

「それは熊吉にはできっこないでしょう。御前。あんな危ない船の先っぽや帆柱の上にたやすく乗ったり、すばやく船の外にぶら下がって身を隠したり、そういうことができる者をご存じありませんか？　泳いでこの船に渡ってきて、数合わせのときはしらばくれて皆に混じっているようなこともできるやつです」

と、彦馬は訊いた。

「ん？」

「その者はこの船に来ることになっていませんか？」

「ははあ」

と、静山の顔がほころんだ。

それから暗い船の上を見渡し、

「雁二郎。出て参れ」

と、言った。

「くくっ」

嬉《うれ》しそうな笑い声がした。真上の帆柱から降りてきた声だった。

「やっぱりいたのか」

と、彦馬はなじるように言った。

「いやあ、父上に見破られるとは、わたしの技が甘くなったか、それとも悪戯《いたずら》が過ぎたのか」

声とともに、すうっと帆柱を降りてきたのは、まぎれもない雙星雁二郎だった。

「御前、父上。お久しぶりです」

現われた雁二郎は少しも平戸藩最強の忍びのようではなかった。袴《はかま》もつけておらず、擦り切れた浴衣《ゆかた》——しかも、よく見るとカエルの柄の——をだらしなく着ているだけである。どう見ても、田舎の詰所暮らしが長くなった五十過ぎの武士が、農家の田んぼに枝豆の一房を盗みにきたという風情だった。腰には短刀すらなく、長めのきせるを玩具《がんぐ》の刀みたいに差しているのも見苦しかった。

この男に「父上」呼ばわりされると、彦馬は自分が墓石にでもなったような気がした。出航の前に静山に頼み、元の家にもどすのは無理としても、雁二郎を義父ということで雙星家を継ぐかたちにしてもらえないものだろうか。こんな息子がいると思うより、まだ義父のほうがましに思えてしまう。

「お前だろう、幽霊騒ぎの正体は?」

と、彦馬は言った。

「ええ。すべて父上がご推察されたとおり。一昨日《おととい》の晩、この船から小舟で陸に来た熊吉がひどく絶望して首をくくろうとしていたので、事情を訊《たず》ねた次第です。まだ若い身空なので、早まるなと言い聞かせました。バクチの借金はわしがなんとかしてやるからと」

「む。よくやった」

と、静山が褒めた。

「熊吉のここまでの分の賃銀はわたしが立て替えておきましたので、あとでお支払いいただきたく存じます」

「うむ。わかった」

静山は機嫌のいい笑顔を見せた。

「それと、御前。この船を追いかけて来ている四人の武士がいるのはご存じですね？」

と、雁二郎が言った。

「むろんだ。あいつらは織江を追って来ている」

「へえ。織江さまを」

「織江を見なかったか？」

「はい。気がつきませんでした」

「あいつらがいて、近づいて来られないらしい」

「そりゃあそうでしょう。連中はかなり腕が立ちますぞ」

「うむ。それはわかっている」

「それと、この船には影のように、幽霊船がついてきていますね？」

「幽霊船だと？」

「ええ。真っ黒で気味の悪い船でした」

彦馬たちは夜の海を見つめた。雁二郎が言った真っ黒い船などどこにも見当たらなかった。

雁二郎が来て安心したわけでもないが、次に立ち寄った油津《あぶらつ》の港で静山と彦馬は町に出ることにした。

「幽霊でなくてよかったな、雙星」

幽霊を信じる静山も、幽霊は贋物であったほうが嬉しいらしい。

「はい。でも、海では何が出るかわかりません」

なぜ、そんなことを言ったのだろうと、あとになって考えたものだった。何か予感するような前兆でも目に入っていたのかもしれない。

静山が乗り移ったところで櫓《ろ》を漕《こ》ぎ始めた。

空は晴れている。一年のうちいちばん豪華な感じがする夏の星空が、視界いっぱいに広がっている。しばらくいい天気がつづく気がする。波も穏やかである。

舟を漕いでいるとき、少し違和感を覚えた。吐き気でもない。手と足に何か感じた。それが何なのか、よくわからない。

大きく深呼吸した。貧血で気分が悪くなったときと似ているが、やはり違う。もしかしたら、地震でも起きているのだろうか。

まもなくわかった。

「御前。海がおかしな感じにうねっていますね」

「……」

返事がない。

見ると、静山は刀に手をかけている。すでに、鍔《つば》と鞘《さや》を結んだこよりも鯉口《こいぐち》も切られ、いつでも抜ける状態になっている。

「御前、どうかなさいましたか？」

彦馬は訊いた。自分も不安を感じ始めている。

漕ぐ手を速くした。船着き場まではまだ二町ほどある。子どものころの、早く家に帰りたいときのような気持ちを思い出した。背中に何かがかぶさって来るような恐怖。叫びたいのに一生懸命、我慢していた記憶。

何かが来ていた。胸が早鐘を撞《つ》くようだった。自分の命はこんなふうに急に終わるのかもしれない。

それは運命のように圧倒的なものだった。

「雙星、何だ、この気配は？」

静山の声にも動揺が感じられた。そんな静山は初めてだった。

「わかりません、わたしにも」

彦馬は叫ぶように言った。

海が盛り上がっていた。それから海面が爆発したように躍動し、舟が砕けた。彦馬と静山は、高々と星空の中に弾《はじ》き飛ばされていた。

第四話　別れのとき

一

出島のシーボルトが往診に来てくれることになった。

フィリップ・フランツ・フォン・シーボルト。いまや、日本国中で神のごとき声望を持つ医者である。長崎郊外の鳴滝《なるたき》にある医院には、九州一円からばかりか、京大坂あたりの金持ちまでも、容態を診てもらいにやって来るという。

しかも、シーボルトの塾には、全国から多くの秀才が集まり、新しい医療技術が広まりつつあった。

雙星彦馬はとくに怪我もなく、身体の痛みはすぐに回復した。静山のほうは打ちどころが悪かったらしく、右足の脛《すね》と左足の腿《もも》に強い痛みが残った。船の中ではずっと横になってじっとしていたが、いまだに痛みは消えていない。

長崎に着くと、幽霊船は沖の小島の裏に隠し、はしけで上陸した。海辺の宿に入

り、すぐに出島のシーボルトに連絡した。本当なら雁二郎に行ってもらえばいいのだが、

「御前。わたしはシーボルトとはちょっと」

と、顔をしかめた。

「なんだ、借金でもしたのか？」

「借金は、シーボルトにはしてません」

「シーボルトはお前のことを気に入っていたと聞いたがな」

「だから、なおさら、わたしに騙《だま》されたと思われたくないのです」

「わからんな」

静山は雁二郎を見た。

「とにかく、わたしは死んだことにしてもらえますか？」

ここへ来る前、船中で彦馬は雁二郎から話を聞いていた。石を飲んで不治の病を装って、親書などを手に入れたこと。まあ、騙したことには違いないだろう。それについては静山にはまだ伝えていない。誰にも真似のできない技を使ってとだけ言ったらしい。

彦馬も「秘密にする意味などないだろう」と、雁二郎をなじったが、「そこは芸人の見栄みたいなもので」と、訳のわからないことを言っていた。とにかく雁二郎

というのは、正体だけでなく、頭の中身も得体が知れないのだ。

「嘘はまずいだろう」

と、静山も言った。

「だが、嘘のおかげでシーボルトから親書などももらえたのですぞ」

「ふうむ。では、死にそうになっているというのではどうだ？　ただ、あいつはいままでも何度となく死にそうになった。それでも生きているから、今度も大丈夫かもしれないと。これで、どうだ？」

「それでけっこうです」

松浦家とシーボルトは雁二郎のほかにもいくつかつながりがある。いま、平戸で藩士に医術を教えながら食客として蘭書を読みふけっている高野長英《たかのちょうえい》は、このシーボルト塾でドクトルの免状をもらっていた。

シーボルトがやって来ると、雁二郎は慌てて天井裏に隠れた。それを見て、彦馬は、「お前はネズミか」と言った。

シーボルトはもじゃもじゃ頭で髭《ひげ》だらけの男だった。いかにも自尊心の強そうな表情である。顔に大きな傷があり、どうもそれは若き日にした決闘の名残りであるという噂もあった。

まずこうした見かけで圧倒されるが、話すとまるで威圧的ではない。人なつっこそうな雰囲気が現われる。

静山が怪我をした訳を説明すると、

「鯨に撥《は》ね飛ばされた？」

シーボルトは目を丸くした。

誰だって驚くだろう。彦馬と静山が乗った小舟は、いきなり出現した鯨によって破壊された。彦馬は真横に吹っ飛んだが、この巨大な化け物に刀で斬りつけようとした静山は、もう一度、尾ひれで叩《たた》かれ、足をやられたというわけである。

「飛ばされながら一太刀くれてやったが、あの皮の厚さではかすり傷にもなっておるまいな」

と、静山は悔しげに言った。

あのとき、すぐに荘助たちが助けに来てくれた。「飲まれなくてよかった」と荘助は言った。じっさい鯨に飲まれた漁師もいるらしい。

鯨は鮫《さめ》のように凶暴な生きものではないが、なにせこっちが小さすぎるから、大きな口で飲みこんでしまったらしい。彦馬もいまごろは鯨の腹の中にいたのかもしれないと思うと、背筋が寒くなる。

「なんと、まあ、たいへんな冒険をしましたね」

シーボルトは面白そうに笑った。

「それで御前の怪我のほうは？」

と、彦馬がわきから訊《き》いた。

「折れています。左は打ち身だけですが、右は完全に折れてますね」

「ううむ、やはり折れたか」

静山は悔しそうな顔をした。

「添え木でしっかり固定し、動けないようにしておきます。無理して動くと、今後、いろいろな不自由が出てきますので、これは外さないように」

シーボルトはそう厳重に注意した。

帰り際、シーボルトは振り向いて、

「オランダに行かれるのは誰？」

と、訊いた。そこらの事情は雁二郎から聞いているのだ。

「わたしです」

彦馬はシーボルトの目を見た。

「国を開くのが目的でしょうが……」

と、シーボルトはこっちの思惑を察したようなことを言った。

静山は否定せず、とぼけて横を向いている。

「難しい交渉ですよ」

「はい」

それは当然である。皆、大歓迎するから南蛮国はこぞって日本に来て欲しいなどと伝えるわけにはいかない。静山の立場だってある。

こっちの国の事情を丁寧に説明しつつ、少しでも開国につながる道を模索することになるだろう。一年や二年では済まないかもしれない。

「わたしも数年のうちには帰国します。向こうで会えるかもしれませんね」

シーボルトはそう言って、彦馬の手をぎゅっと握った。

「ところで、雁二郎さんは、まだ生きてますか？」

と、シーボルトは静山に訊いた。

静山が先ほど打ち合わせしておいたことを伝えると、

「なるほど。あれも雁二郎の芸だったらよいのですが」

そうつぶやいて帰って行った。

雁二郎が天井裏から降りて来ると、

「まずいことになったな」

と、静山は言った。骨折のことである。旅立つ前に幕府の手の者が襲いかかってくるかもしれない。そのときは静山が相手をし、雙星たちを無事に出航させるつもりでいる。

「まずは、平戸に援軍を頼みましょう。明日には到着するはずです。双星の一族から十二人ほど集めたら、わしもいるので、なんとかやつらと戦えるでしょう」

雁二郎が言った。

「明日か。それでは間に合わぬ気がするがな」

静山は彦馬の顔を見て、心配そうに言った。

二

彦馬は宿屋の窓から身を乗り出して、海と前の通りとを眺めた。二町ほど向こうに出島が見えていた。想像したよりずっと小さな島だった。

彦馬には初めての長崎の町である。いろいろ見て回りたいがゆっくりすることはできないだろう。

二十歳前後のころは、ずいぶんこの町に憧《あこが》れたものだった。

織江がいたときもいっしょに行きたいと話したことがあった。長崎に行けば天文に関する書物などもいろいろ入手できるし、うまい異国ふうの食べものもあるらしいと。織江が変わった食べものに興味があるのは感じていた。

だが、織江はなんだか行ったことがあるような顔をしたような覚えがある。

――織江。来ないのか？

彦馬は通りを見回した。視界の中に女は何人もいるが、織江らしい女は見当たらなかった。

あまりにやつらの警戒が厳しく、近づけないでいるのだろう。

もしかしたら、諦《あきら》めたのかもしれない。だが、雁二郎によると、敵らしき男たちはまだ追いかけて来ているという。だとしたら、織江も近くにいるのではないか。

――そうだ。南蛮船に乗るのをやめてしまおうか……。

と、彦馬は思った。

宇久島の荘助に全権を委任してしまえば、それもできなくはない。もちろん、静山の信頼や好意を裏切ることになる。平戸藩との縁も切れる。

だが、織江にさえ会えれば、江戸にもどって寺子屋の師匠で暮らしていける。それは最高の幸せではないか。

――いや、駄目だ。

静山や雁二郎がいてくれるから、織江も逃亡をつづけてこられたので、自分一人だったらとても守り切れない。

――だったら、いっしょに死ねばいい。

彦馬の中で最近、頭をもたげがちな、その考えが浮かんだ。

自棄《やけ》っぱちのようだが、しかしそれは、さまざまな戦いを回避させ、意外にもいちばんいい解決策になるかもしれないのだ。

だが、それだって、織江と会わないことにはどうにもならない。

「まだ、待つぞ、織江。来てくれ」

彦馬は祈るようにつぶやいた。


夕刻近くになって、西海屋千右衛門がやって来た。長崎にもそれほど大きくはないが、西海屋の出店があるらしい。

「御前。南蛮船は沖合まで来ました。今夜、移りましょう」

早口で言った。

「今夜か」

「ただ、長崎奉行所の監視船も多く出ていて、近くには来られません」

鍋島藩の用人間垣が言っていた事態だろう。幽霊船を装った清国などの船が、近海にぞくぞくと出没しているので、警戒に当たっているのだ。

「どうする？」

「暗くなったら沖に隠してある幽霊船まで行き、それで南蛮船まで行きましょう」

「わかった」

「御前はここでお見送りを」

「馬鹿を申せ。南蛮船を見送らないでどうする」

「天気も心配です」

雲が恐ろしく速く動いている。嵐がやって来る気配がある。今日は七月六日（旧暦）。平戸もそうだが、いまごろからひと月ほど、次から次に颶風《ぐふう》が訪れる季節になる。

「お前は江戸のいい天気に慣れてしまったかもしれないが、おれたちは風雨には慣れっこだよ」

彦馬は笑って言った。

「雙星。今宵《こよい》が永の別れになるぞ」

と、千右衛門が言った。

「ああ、いろいろ世話になったな」

江戸の暮らしが蘇《よみがえ》る。ここに同心の原田《はらだ》朔之助《さくのすけ》がいないのが奇妙な感じである。

あの暮らしがつづけられたのも、千右衛門のおかげだった。

「こっちこそ世話になったのだ。それより、織江さんとはまだ逢《あ》えないのか？」

「まだだ」

つい、うつむいてしまう。

「そうか。だが、きっと駆けつけてくれるよ。この宿はうまいしっぽく料理を出してくれる。別れの宴《うたげ》だ。たっぷり食べてくれ」

敵の監視をごまかすためにも、暮れ六つ前から宴を始めて、暗くなってから動き出すことにした。

「そういえば、雙星もわたしもまだ若かったころだ。どっちが先に異国に行けるかなんて話したことがあったっけ」

「そうだったか？」
十三、四のころだろう。ずいぶん忘れてしまっている。
「雙星は絶対、自分が先に行くとゆずらなかった。だが、わたしが江戸の西海屋に養子に行くことが決まると、こいつは何を勘違いしたのか、異国に行くときには持って行ってくれと、梅干しをつけた樽《たる》を一つ持ってきたんだ。それは何だと訊《き》くと、異国の水は臭いから梅干しを一つ入れておくといいんだと、大真面目な顔で言ったっけ」

「そんなことあったか？」

彦馬は首をかしげたが、静山の、

「いや、いかにも雙星が言いそうだ」

との言葉に宴会は笑いに包まれはじめた。

三

四天王の森一平は緊張していた。

異国の香りがする初めての町である。初めての人や環境などには過剰に緊張する性格だった。

それは子どものときからだった。見知らぬ人に挨拶《あいさつ》するとき、かならず言葉に詰まった。ふつうに話ができるまでは、十回も二十回も会わないと駄目だった。

手裏剣の技では無双と言われるようになっても、緊張しがちな性格は治らなかった。武を極めれば、自信もつく。師匠などにもそう言われた。だが、自信などはいつになっても湧いてこなかった。ますます姑息《こそく》な、おどおどした性格になってきた気がする。それも、この手裏剣という武器のせいかもしれなかった。

ただし、緊張を抑える方法は徐々に身についてきた。

緊張しそうなときは、煙草を吸うのである。深く煙を吸い込んで吐き出す。これをすると、気持ちは穏やかになり、身体をおおっていた緊張は静かにほどけていった。そのため森は、若いときからかなりの愛煙家だった。

いまもそうである。

船から降りて、港の岸壁に立って一服した。

足から緊張が抜けていく。

次に大きく一服。

どうってことはないな、と思う。初めての町でも、しょせん日本全国の港町と大差はない。

最後に別の葉っぱを取り出し、三服目はそれを吸う。こっちは、ふつうの煙草よりもだいぶいがらっぽい。

煙草の葉も好きだが、じつは煙草ではない葉っぱにも好きなものがあった。それがこの麻の葉だった。

森は一度、好奇心にかられて、道端のさまざまな葉っぱを煙草替わりにならないか試してみたことがあった。そして、麻の葉に出会った。

ふつうの煙草は落ち着くが、こっちは幸福な温かい気持ちになる。ただ、吸い過ぎると、ぼぉーっとしてしまう。

三服した。

――変だな。

と、森一平は思った。

いつもならこれで、大丈夫だと思えるのだ。それが、満ち足りた気がしない。あと三服くらいしたい感じである。

そういえば、この数日、苛々《いらいら》もひどい。煙草のせいだろうか。二つの袋を出して葉っぱを確かめてみる。いつもの匂いである。

——もう一服。

と、思ったとき、ほかの四人がこっちを見ているのに気づいた。

やることはいっぱいある。だらだらと煙草ばかり吸っているわけにはいかない。

森一平は、何となく不審な気持ちを抱きながら、初めての地を歩き出した。

「鳥居はついに来なかったな」

と、弓の児島専六が言った。

「どうする？」

「仕方ない。最後の言葉を守るだけだ」

あの船のあとを追いかけ、接近する女がいたら捕まえておく。約束はそれだけである。

「川村。そっちはどうなんだ？」

と、児島が川村真一郎に訊いた。

川村はここまで四天王とは別の行動を取ってきている。真っ黒い船で幽霊船のあとをつけ、織江の接近を見張った。だが、織江はまだ姿を見せていない。

「織江は抜け忍だ。抜け忍を始末しなければ、お庭番のしめしがつかない」

「たかがくノ一だろう？」

と、羽佐間が笑って言った。

「どういう意味だ？」

「抜け忍を厳しく禁じるのは、秘密が洩《も》れるのを警戒するからだろう。逆に言うと、くノ一ごときにそんな大事な仕事をさせていたのか？」

「くノ一ごとき？　少なくともあの織江は、そこらの男を四人くらい集めたより、ずっといい仕事をする」

「いま、四人と言ったな、川村？」

森一平が血相を変えた。落ち着こうとするのか、きせるに煙草を詰め、火種を取り出して火を点《つ》けた。

森家は伊賀の出身である。四代ほど前の先祖が出世して、旗本になったが、伊賀者としての血は脈々と流れていると信じている。手裏剣を熱心に学んだのもそのためだった。

お庭番には特別な感情がある。八代将軍吉宗《よしむね》が紀州から連れてきた家臣たちで、将軍の手足となる密偵の仕事を独占した。ただでさえ軽んじられていた伊賀者は、密偵としての出番を完全に失った。その恨みつらみ。

「ただの譬《たと》えだ。それほど腕が立つ」

川村はしらばくれて答えた。むろん、当てつけの意はあった。いささか露骨過ぎたかもしれない。

「譬えではない。聞き捨てならぬな」

森一平はしつこく言った。

「だったら、どうする？」

川村も引かない。険悪な雰囲気である。

「森、やめておけ」

児島専六が止めた。

「いつだって相手になるぞ」

森一平はまだ怒っている。やはり苛々して怒りっぽくなっている。

「ほら、もっと煙草を深く吸え」

浅井権乃丞が面倒臭そうに言った。

言われるままに煙草を吸い、森一平はどうにか落ち着いたらしい。川村は顔色も変えず、

「それと、西海屋が動いている」

と、言った。

「西海屋？」

「平戸からのし上がった江戸でも有数の海産物問屋だが、そこの千右衛門というやり手の若旦那《わかだんな》が来ているのだ。もしかしたら、静山の命で何かしでかすのかもしれぬ」

「何かとは？」

「密航か、抜け荷か」

「そっちが問題だぞ」

「わかっている」

「鳥居にもそれを言ったのに、あいつは帰って来ない」

児島は怒りをあらわにした。四天王をくだらぬ仕事に巻き込んでおいて、鳥居自身は高みの見物を決め込んでいる。

だが、川村は鳥居がもうもどって来ないことを知っている。

川村より十日ほど遅れて江戸を発《た》った下忍が、鳥居のようすを伝えてきた。どうやら将軍家斉に心変わりがあり、織江への執着は消えたらしい。それで鳥居も江戸から出る理由は無くなってしまっていた。

だが、四天王も正式な命令が来なくては、仕事を中断することもできないのだ。

「とにかく徹底して見張る」

と、川村は言った。

四

鳥居耀蔵は城勤めをつづけている。

一生懸命やっている。元来、鳥居は勤勉である。怠け心を持つことには罪の意識すらある。

いまは、幕府に叛意《はんい》を持っていそうな巷《ちまた》の集団の洗い出しをやっている。これは、命じられたというより、鳥居のほうから提案し、採用された仕事である。

こうした仕事はつくづく自分にむいていると思う。疑いをかけ、それをしつこく追いかける。こまかい行動などを丹念に点検する。獣が獲物を追いつめるとき、もしかしたらこういう快感を抱くのではないか。

「ひっひっひ」

仕事をしながら一人で笑っているときがある。

この仕事は巷の連中が対象だから、大名のような大物は扱わない。したがって、松浦静山などは対象外である。

それにしてもあの松浦静山というのはつくづく曲者《くせもの》だとつくづく思う。誰かしら、あいつのことは見張っておくべきではないか。

巷にもよからぬやつらは嬉《うれ》しいくらいにいる。

浪人者。

蘭学者。

出島の異人。とくにシーボルト。

歌舞伎役者。

戯作者に絵師。

隠れキリシタン。

隠し念仏派。

法華の不受不施派。

富士講……。

よくも次から次に、よからぬ連中が湧き出してくるものだと思う。

上さまが、女の数を増やすのが目的なら、わしはよからぬやつらの名簿を増やすのを目的にしようか。

目標ざっと一万人。

「ひっひっひ」

つい笑みが出た。

くノ一の織江を拉致《らち》して自分のものにしようという計画は失敗してしまった。

今度のことはいい勉強になったと考えよう。

——そういえば、織江はどうしているのだろう？

おそらく雙星彦馬には近づけずにいるのだろう。川村と四天王の目がある。結局、近づけないままで終わるに違いない。

もしかしたら静山は、雙星たちを異国にでも逃がそうと考えているのではないか。そうなると川村や四天王たちも織江どころではなくなる。国禁を破られることになってしまう。なんとしても阻止しようとするだろう。

まさにいまごろは静山たちと死闘を繰り広げているかもしれない。

だが、どうなろうと知ったことではない。上さまだって、構うなとおっしゃったのだ。

——むしろ、川村ともども、全部やられてしまったほうが清々する。

あいつらは、わしを小馬鹿にしていたのだ。

織江のことはあまり思い出さない。思い出すのはやはり〈初代〉である。

あのとき——。

人参とごぼうを持って浪人どもと戦ったときの姿は、目に焼き付いて離れない。

あれこそ菩薩《ぼさつ》そのものではなかったか。

やっぱり若い女は菩薩にはふさわしくない。生臭過ぎる。菩薩は少し枯れてきて、肌の色も木の味わいを感じさせるくらいがいい。

「ひっひっひ」

ああ、菩薩がどこかにいないものだろうか。その足元に、だんご虫のように丸まって寝かせてくれるようなやさしい女が……。

五

別れの宴《うたげ》は終わりに近づいていた。

「父上……」

と、雁二郎がそばに来て言った。やけに改まっている。そこまで改まるなら、裃《かみしも》でもつければいいのに、あいかわらずカエルの柄の浴衣《ゆかた》をだらしなく着ている。

「芸は身をたすく、という格言をご存じでしょうか？」

「格言かどうか知らないが、聞いたことはある」

「じつは、異国に渡られる父上の餞別《せんべつ》に何がいいのかといろいろ考えまして」

「餞別……？」

嫌な予感がした。

「異国では、笑わせるというのが大事と聞きました。人の交際では冗談が不可欠なのです」

「ああ、わたしもそれは聞いたことがある」

「だが、父上ときたら、不器用なうえに人見知り。ましてや異国の言葉の会話だって早々には上達しないでしょう。冗談を言って笑わせるなんてとんでもない。そこで考えたのです。この芸さえやって見せれば、異国でもうけて人気者になるだろうと」

「芸を……」

これは雁二郎なりの心づかいなのだろう。

胸がじぃーんときた。

こんな変なやつでも、わたしのために一生懸命考えてくれたのである。

「だが、まさか、〈すっぽんぽんのぽん〉ではないだろうな?」

「違います」

「あんな芸は雙星家には伝わってはいないぞ」

こいつはそんな嘘までついているのだ。

「いえ、あんな下品な芸を父上にやれとは言えません」

「下品と知っていてやっていたのか」

「それはそうですよ。だいたいが、上品な芸など、誰が見たいですか？」

「そんなことは知らない」

芸のことなど、考えたこともないし、考えたくもない。

「わたしの十八番《おはこ》に〈犬のぷるぷる〉という芸があります。これは世界中どこの国で披露しても、爆笑を得るに違いありません。ただ、これはよほど訓練をしないとできる芸ではありません」

「そうだろうな」

と、彦馬はうなずいた。犬が毛についたものを払うためなのか、ときおり全身をこまかく震わせる。あれを芸にしたものである。あんな細かな身体の動きは、人間にはできないと思うのだが、雁二郎は犬よりも見事にそれをやってみせるのである。

彦馬は、その芸を見たときだけ、やはり雁二郎というのは只者《ただもの》ではないのかと実感した。

「それでわたしは、犬よりも猫のほうをと思いました」

「猫の真似か」

「ええ」

「それくらいならわたしにもできるだろう」

「ちと、見せ方にひねりがあります」

「うむ。では、それを伝授してもらおうか」

彦馬は雁二郎の前に正座をした。


雁二郎に芸を習って、彦馬は荘助とともに一足早く、はしけで出て行ってしまった。彦馬と荘助だけは直接、南蛮船に乗り込み、港に寄せて来るのだという。

雁二郎たちは幽霊船のほうへ行き、積み荷を移すなど手伝いをしなければならない。

「では、御前」

雁二郎は足元の悪い静山の手を引こうとした。

「よい。雁二郎。みっともないことをするでない」

静山は杖《つえ》をつき、波止場を歩いた。

桟橋の手前で子どもたちが爆竹を鳴らして遊んでいた。静山もいたし、子どもだから、雁二郎もつい油断したのだろう。

爆竹が飛んで来て、雁二郎が振り向いた瞬間、目に当たった。

バンバン。

雁二郎の顔のあたりで煙が上がった。

「目が」

雁二郎がしゃがみ込んだ。

「ごめんなさい、おじさん」

悪気のかけらもない、いたいけな子どもたちが雁二郎の周りを囲んだ。

「どうした、雁二郎？」

静山が訊《き》いた。

「火薬が両の目に」

飛びこんでしまったらしい。

「見せろ。開けてみよ」

静山が雁二郎の目をのぞきこもうとするが、

「痛くて目が開けられませぬ」

雁二郎は首を振るばかりである。

「何てことだ」

もしも、敵との戦いになった場合を考えて、静山は青くなった。

六

彦馬は西海屋に連れられ、荘助とともに目立たないよう小舟で沖の南蛮船へ向かった。荷物がなければ、乗組員が皆、こうして移ってしまえるが、オランダ国王などに届けるものが山ほどある。幽霊船を密着させなければならない。

「これか」

やはり大きい。日本では最大級の千六百石積みの弁才船《べざいせん》と比べても、大人と子どもの違いである。

帆に西海屋の商標がある。

「つくられたのは異国だが、この船はもう西海屋のものだ」

「買ったのか？」

「ああ。だが、お前たちが国を開く道をつくってくれたら、この船は安い買いものになる」

縄ばしごから上にあがった。

「乗組員たちに挨拶《あいさつ》をさせる」

千右衛門は、皆を甲板に集めた。

二十人ほどいる。そのうち日本人は五人。あと一人、言葉が通じる清人《しん》がいるだけで、ほかは名前さえ聞き取れない異国の者である。

こっちからは荘助の昔からの仲間が七人加わることになる。異国の言葉は旅の途中でおいおい覚えていくしかないだろう。

「どうだ。動かせるか？」

千右衛門は心配そうに訊いた。

帆は和船とはまるで違う。数も違う。だが、帆の原理は同じである。

西洋の船について書いた書物も何冊かは読んでいる。それに、そこは海の男である。初めて見るものでも、使いみちは何となく見当がついたりする。

「すこし稽古《けいこ》させてくれ」

「もちろんだ」

帆を張り、風の捕え方などを確かめていく。じつによくできている。

この国は、海の中の島国でありながら、長い航海ができるような船を発達させてこなかった。島から出ず、閉じこもって生きる道を選んだのだ。

そういう道を選んだときには、相応の理由はあったのだろうが、やはりそれは不自然な道だったのではないか——と、彦馬は思った。

長く国を閉ざしてしまったことは、この国の人の心に井戸の中の蛙《かわず》のような、偏狭な思いをもたらしてしまったのではないか。それはやがて、大きな失敗につながっていくことはないのだろうか。

彦馬はすぐにうまくなる。帆の加減がわかってきた。

「嵐が来るぞ」

荘助が西の空を見て言った。

「そうだな」

「嵐が抜けたらすぐに出帆しなければならないだろう」

夕闇が迫り出していた。波が高くなっている。

川村は四天王たちとともに小島の森の中から、幽霊船の動きを見張っていた。急に動きが慌ただしくなっていた。いましがた、松浦静山と供の者が小舟でやって来て、幽霊船に乗り移った。長崎を出て、領地平戸にもどるだけかもしれないが、なんとなくおかしい。

雙星彦馬は一足先に西海屋ともう一人といっしょに港を出た。それから川村たちはこの幽霊船を見張るためにやって来たのだ。だが、雙星彦馬がこの船にいるのかがわからない。

――いったい何をしようとしているのか……?

ふいに、川村が目を瞠《みは》った。

「いた」

と、後ろに声をかけた。

「どこだ」

四天王たちが寄って来た。

「ほれ、あそこに」

幽霊船に近づきつつある小舟を指差した。

女が一人、波に揉《も》まれながら、立って櫓《ろ》を漕《こ》いでいた。

「あれが織江なのか？」

児島が川村に訊いた。

「あれは、野菜でも売りにきた女だろう」

と、羽佐間が言った。

小肥りの女である。体型だけでは織江には見えない。だが、くノ一なら、あれくらいの変装は何ということもない。

女は幽霊船の舳先《へさき》に縄梯子《ばしご》を投げた。それから縄を何度か強く引いた。ひっ掛かり具合を試しているのだ。

ついで縄梯子をよじ登っていく。

「くノ一の動きではないな。やっと登っているぞ」

と、児島は言った。

「いや、織江ならあれくらいの芝居はやる」

おそらく自分が見張られているのはわかっている。だとすれば、当然、そんな芝居もするだろう。

女は船の上まで登って、いなくなった。

「では、乗り込むのか？」

羽佐間が訊いた。

「うむ。静山が邪魔するなら斬って捨てるだけの話。それで雙星彦馬を人質に取って、船首にでも吊《つ》るしてやろう。織江はきっと出てくる」

と、川村が言った。

川村と四天王は真っ黒い弁才船に乗り込んだ。

「いまから、あの幽霊船に突っ込むぞ」

「ああ、戦闘開始だ」

川村の言葉に、四天王は身を小さくして、船の縁《へり》を強く摑《つか》んだ。

第五話　嵐

一

嵐がやって来た。

四半刻ほどのあいだに、どんどん波が高くなり、風が強まった。

凄《すさ》まじい嵐だった。

九州にまともに襲いかかる颶風《ぐふう》の凄《すご》さを、江戸の人間は知らない。家や大木をもなぎ倒すほどの風が吹く。

颶風にも個性はある。雨の多いもの、風が強いもの、ゆっくり進むもの、さっさと通り過ぎるもの……船乗りたちによれば、おそらくこの颶風は雨よりも風が強く、速く通り過ぎる種類だろうということだった。

「どうだ、動かせるか？」

「これしきの風。大丈夫です」

平戸の船乗りは、かつての藩主に訊《き》かれて胸を張った。

「よし、沖へ行くぞ」

幽霊船が嵐の海に乗り出した。

逆風である。斜めに蛇行するように前進する。帆がいっぱいに風を孕《はら》み、その風は波を甲板に呼び込んでくる。弁才船は横波に弱い。オランダ国王たちへの貢物が多いため、それらを海水に浸けないよう気を配らなければならない。

港から二里ほど出たあたりの沖で南蛮船が待っていた。

「よし、船同士をつけるぞ」

静山がそう行ったときである。

どすーん。

という衝撃が襲った。皆、倒れたり、船の縁に身体をぶつけたりした。

静山も片足はまるで動かせないが、大きく飛んで片足で着地し、どうにか倒れるのは防いだ。

「なんだ、いまのは」

「船がぶつかって来ました」

「なに？」

真っ黒い船が横付けされていた。

「雁二郎。そなたが言っていた船だ」

静山は傍らにいた雁二郎に言った。

「ええ。しびれを切らして、とうとう出てきたのでしょう」

「では、相手をするか」

静山は刀を抜き放った。が、表情にいつもの余裕はまるでない。双星一族の援軍はやはり間に合わなかった。

五人の男たちが次々に飛び移ってきた。

「御前。二手に分かれますぞ」

雁二郎が静山の耳元ですばやく言った。

「そなた、目が見えなかったら戦いようがあるまい」

「いえ、先ほどから、右目がかすかに見えるようになっています。御前、この船は燃やしてしまってもかまいませぬか？」

「かまわぬ。むしろ、あとで幕府に面倒なことを訊かれずにすむ」

「では、わたしは帆柱の上から御前の援護を」

「帆柱の上？」

「こんなこともあろうかと、あの上にいくつか武器を隠しておきましたので」

「ほう。頼むぞ」

甲板のようすを眺めた五人は帆柱の前にいた静山のそばに寄ろうとする。

「なんだ、てめえら」

それぞれ、棹《さお》や棒を手にした船乗りが三人ほど、殴りかかろうとした。武士ですら怖《お》じ気づくような屈強の男たちである。

それを浅井権乃丞が軽くかわしながら剣をふるった。

たちまち三人は首や腹から血を噴出させながら倒れ込む。

「無礼者！」

静山が一喝した。鋭い声は、嵐の風鳴りの中でもよく聞こえた。

「松浦静山さま。わたしは江戸城にてお庭番を勤める川村真一郎と申す者」

「そなたとは本所のお化け屋敷で戦っておるではないか。忘れたのか。わしの剣で腰を抜かしたのを」

「ううっ。そんなことより、この船にいる織江というくノ一をおもどしいただきたい」

「そのような女は知らぬ」

「おとぼけなさるな」

と、四天王の浅井権乃丞が前に出た。

「われらはこの目で、先ほど女が一人、乗りこむところを見ていたのだ」

「そう言われても知らぬものは知らぬ。そんなことより、この船の上はわが領土と同じこと。わが藩邸と同じこと。それを土足で踏みにじるような真似は許さぬぞ」

静山は静かに立ったまま、刀を青眼に構えた。

二

「わたしに戦わせてくれ」

と、浅井権乃丞が川村に言った。

「よし、われらは織江を探そう」

川村がほかの三人に声をかけ、船室へと入ろうとしたとき。

「危ない」

脇へ飛んだ。

甲板に小さな壺《つぼ》が当たって割れた。

同時に火がつき、炎が広がった。

炎は川村にも降りかかり、肩のあたりに燃え移った。

「くそっ」

これを叩《たた》いて消した。

た。

川村は上に抜けて、小柄《こづか》を放った。だが、鉄板のようなものに当たってはじかれた。

「くそっ」

また、上から壺が降った。三つの壺が破裂し、これも炎をまき散らした。帆柱の下の静山に対して、左手に回れなくなっている。明らかに戦略を秘めた攻撃だった。

「川村、ここはまかせた」

「うむ」

「わしらは女と雙星彦馬を探す」

四天王のうち、児島専六と森三平と羽佐間仁十郎は、船室へ降りて行った。

浅井権乃丞は、静山の動きから右足が動かないことはすぐにわかった。帆柱の上にいる男は、だから静山の右側に回れないようにしたのだ。

右足が動かないからといって戦いやすい相手などではまったくなかった。

浅井は『常静子剣談』を愛読した。多くの文言が胸に沁《し》みている。勝ちに不思議の勝ちあり。負けに不思議の負けなし。いくつかは空で言える。この境地まで達したいと願った。その書いた人と戦っている。


「そこか」

剣を学んだ者として、こんな幸せはない。

上段に振りかぶった。一太刀権乃丞。そう綽名された。たった一太刀で倒す。仏の前に身を投げ出すように、ためらいもなく接近し、袈裟がけに斬り込む。

「たあっ」

足は狙わない。剣士としての礼儀であろう。

「なんだ、これは……」

斬り出した剣が柔らかく受け止められる。柔らかいから逆に引っ張られるような気がして、鋭く踏み込めない。

静山はすでに六十を遥《はる》かに越えているはずである。それなのに、この動きはどうだろう。しかも、足を怪我しているのである。もしも足が十全だったら、自分は足元にも及ばないのか。

浅井は三十五だった。それでもときおり、若いころとくらべると、動きに切れがなくなっているような不安を覚えることがあった。だが、松浦静山を見る限り、そんな恐れは怠惰の言い訳に過ぎないかもしれなかった。

「このぉ」

渾身《こんしん》の力で剣を振り下ろす。今度は受けずにかわされ、手元から静山の切っ先が伸びてくる。

「なんと」

のけぞりつつ剣を払う。静山はそれを見切って、すかさず突きを入れてくる。

「うおっ」

かわすのに思わず声が出た。

川村は目を凝らした。帆柱の上に誰かいた。そこには見張り台がある。遥か遠くを見るときに、そこまで上るのだ。その頭上から、火の点《つ》いた壺が落ちてくる。

また、来た。

かわすのはどうということもない。だが、火がまき散らされる。油が入っているので、風雨で消えたかと思うと、また燃え始める。これで船板に火が回ると、消すのは容易ではなくなる。

「おのれ、どうしてくれよう」

川村は悔しげに上を見た。飛び道具はない。自分が行くしかなかった。

川村は静山のわきをすり抜けて帆柱に飛びつくと、手すりを伝って登り始めた。

浅井権乃丞と静山の目にも止まらぬほどの斬り合いがつづいた。

ふつうの斬り合いであれば、相当、長いあいだかかっておこなわれる攻防なのだろうが、次の動きに移るまでの間というのがないのである。

「えいっ」

「……」

「とあっ」

「……」

浅井は掛け声とともに剣をくり出すが、静山はまったくの無言である。

だが、その無言の中にかすかな声が混じり出した。いや、声ではない。それは息切れの音だった。

やはり六十代半ば。この超人がついに疲労してきたのだ。

――これで、勝てる。

浅井権乃丞がそう思ったとき、静山が大きく目を見開いた。驚愕《きょうがく》していた。

――どうしたんだ？

後ろに何かあるのだ。だが、うかつには振り向けない。静山の剣が襲ってくる。

わきに飛びすさろうとしたとき、声がした。

澄んだ女の声だった。歌うほうがふさわしいはずのその声には、決然と闘争の意志が込められていた。

「くノ一、雙星織江、参上！」

三

剣を振りながら、浅井権乃丞はわきへ飛んだ。声のしたほうに顔を向けると、忍び装束に身を固めた女がいた。

「そなたか。上さまが欲しているという女は」

浅井は脅しつけるように言った。

織江がその言葉に答えた。

「上さまのところになど、死体になっても行かない。わたしは雙星彦馬の、この世でたった一人の女」

下田の町で彦馬が言った言葉だった。もちろん織江は身を隠したまま聞いていた。聞いたときは、嬉《うれ》しくてむせび泣いた。

「なあに、嫌でも連れていってやる」

と、浅井は嬉しそうに言った。

「ふふふ」

織江は笑った。くノ一の、微笑みから始まる戦い。

「何がおかしい」

「お前たちの癖も弱点もぜんぶ見たぞ。怯《おび》えて隠れていたなんて思ったら、大間違いだぞ」

　と、織江は言った。

　嘘ではなかった。幽霊船に移りたい気持ちをこらえ、四天王の一挙手一投足を見つめつづけてきた。それは、彦馬の胸に飛び込むまでに、絶対にしなければならない最後の戦いに勝つためだった。

　勝つこと。それは、やれることをぜんぶやること。


「うぉーっ」

　と、浅井権乃丞は甲板を駆けた。静山から離れるためである。あんな男を横に置いて戦うなどできるわけがない。

　不安な気持ちも湧いていた。このくノ一はいままでついぞ姿を見せなかった。かすかな気配を感じたことはあったが、じっさいの姿は見ていない。そこまで隠れながら、四天王と呼ばれる自分たちを追って来られたこと自体、並の力量ではないはずだった。意外に小柄な女だった。二十代も半ばほどか。

　走る浅井を織江は追ってきた。それは思うつぼだった。船首に来て、浅井は振り向いた。

「さあ、来い。くノ一」

「お前はこれだ」

織江は背中から刀を取り出した。

「何だ、それは？」

浅井権乃丞は訊《き》きながら背筋が寒くなった。

刀は湾曲していた。

反りではない。刀身が真横にぐにゃりと大きく曲がっていた。あり得ない刀だった。だいいち、これでは鞘《さや》に入るまい。よく見れば、織江の背中にあったのは、革でできた鞘のようだった。

「これで、逆にお前が一太刀だ」

「うおーっ」

豪剣が唸《うな》った。

織江はすっと後ろに下がった。肩から胸へと斬り下ろしたはずだった。だが、わずかに着物を斬り裂いただけのようだった。胸元の白い肌が見えた。松明《たいまつ》のわずかな明かりでも、その肌は輝くように白いのがわかった。

「乱れているぞ」

と、織江が言った。

「うっ」

乱れている。いちばん嫌な言葉だった。この世は乱れていてはいけなかった。すべてが整然とあるべきだった。それなのに、自分が乱れていては、話にもならなかった。

「母が泣きじゃくっているぞ」

「母だと」

「お前が斬られて死ぬのはかわいそうだと」

「きさま、なんだ」

恐怖を覚えた。わしのことを知っているのだ。

もう一度、剣をくり出した。これも空を斬った。何かおかしい。

「乱れているのだ」

くノ一はまた言った。

もしかしたら、足が乱れているのか。しっかり縛ったわらじの紐《ひも》がはずれているさまが脳裏《のうり》に浮かんだ。

「わらじの紐が」

と、織江が微笑みながら、母の囁《ささや》きのようにやさしく言った。

我慢できずに浅井はちらりと足元に目をやった。

そのとき、織江の剣がまっすぐ降りてきた。合わせようとした。

だが、合わなかった。手元に衝撃はなかった。曲がった刀がこっちの剣をすり抜けて、弧を描きながら、眼前に迫っていた。浅井の意識があったのはそこまでだった。

川村は帆柱の上によじ登った。

いちばん上にその男はいた。だが、足元に板などが置かれ、下からの攻撃を防いでいた。しかも、忍び返しのようなかたちになっているため、這《は》い上がることもできない。

——帆柱を斬るか。

川村は咄嗟《とっさ》にそう思った。むろん、これだけの太さの柱を一太刀で斬ることはできない。体勢も悪い。だが、何度も斬りつけて削るようにすれば、どんな太い柱だろうが、斬り倒すことはできる。

「たっ」

一太刀くれた。

「何をしやがる」

上で声がした。

ちらりと顔を見た。男は目を閉じていた。

──盲目か。

それでもこれほどの戦いをする。

お庭番は堕落したと川村は思った。これほどの忍者を、ただの一人も育てることができなくなってしまったのだ。

内心、感嘆しているとき、船室から森一平が飛び出してきた。

「船室にはおらぬ」

そのとき、帆柱の上で、川村が苦闘しているのが見えた。

「その裏にいるのか。見ろ、川村。こうやって倒すのだ」

森一平は三日月のかたちをした手裏剣を放った。

それは弧を描き、板の陰にいた雁二郎の身体に突き刺さった。

「うわぁ」

雁二郎が帆柱の上から何度か帆などにぶつかりながら甲板に落ちた。

もはやぴくりともしなかった。

森一平は、雁二郎を倒すと、船室の階段のところで煙草を一服した。

勝利の一服である。お庭番の川村を出し抜いてやった。あんなことでぐずぐずしているお庭番が、何の役に立つというのか。

風雨を避けて、持参している火種にきせるを寄せた。

「げほっ」

思わず噎《む》せた。

「なんだ、これは」

ひどくまずい。風雨にやられたわけではないだろうに。

もう一方の麻の葉を取り出した。ぼぉーっとするかもしれないが、ないよりましである。

「げほっ。げほげほっ」

激しく噎せた。吐き気を覚えるような味だった。

「おれの煙草が」

いったい、いつ別のものになったのか？

思い当たるのは、先ほどこの船に乗り移ったとき、逃げようとした若い水夫とぶつかったときである。まさか、あのときに、前の煙草入れが掏《す》られ、別のものと交換されていたのか。

――あれがなかったら……。

森一平は恐怖と焦りで地団太を踏む思いだった。

児島専六が下の船室から出てきて、階段のところにうずくまっていた森一平に訊いた。

「どうした、森？」

「気分が悪い」

「上ではまだ、やっているのか？」

「川村が手こずっていた忍びを、いま、わしが倒してきたところだ」

「そうか。静山はもう倒したのだろうな」

「静山？　いや、見ておらぬ。わしが飛び出したときは、川村が帆柱の上で戦っていた」

「ふむ。まだ倒しておらぬなら、助けてやるか」

児島専六はそう言って、うずくまっている森を避《よ》け、階段を上がった。

外に出る寸前だった。

階段の上の庇《ひさし》のところから、逆さまになった女の顔が現われた。

目と目が合った。黒く大きな瞳《ひとみ》。それが二つ並んだ。気持ちが凍りついた。なぜ、これが恐いのか。薄々はわかっていた。これは、五歳のときに、養子として入った児島家の家紋なのだ。

幼いうちから課せられた過大な期待。求められた過大な努力。そして浴びせられた絶望と冷笑。それらが蘇《よみがえ》るのだ。

「うわっ」

恐怖を覚えたとき、くノ一の刃《やいば》が襲った。

思わず弓で受けた。刀は弦を断ち切った。

——しまった。

児島は武器を失った。出るに出られなくなった。

森一平を休ませ、弓の弦を張りなおすため、児島は森を引っ張って荷物の影に隠れた。

帆柱から降りて、船首のほうに歩いた川村は目を瞠《みは》った。

浅井権乃丞が斬られて死んでいた。

不思議な斬り口だった。肩から胸へと弧を描いていた。いったい何で斬られたらこんなふうになるのか、まるで解せなかった。

後ろでかすかな音がした。

振り向くと、織江がいた。

「織江……」

手に持っていた刀が湾曲していた。それで浅井を斬ったのだろう。上さまを守る四天王に、このくノ一は勝利したのだ。

織江は湾曲した刀と、やはり弧を描いた背中の鞘をわきに放った。もう一振り、背に刀をくくりつけている。

「もう、戦いは……」

川村は言葉を止めた。戦いはやめよう。わしのところに来い。それはもう言っても無駄なことは明らかだった。織江が最後の戦いに挑もう、いや、挑んでいることは一目で見てとれた。

——きれいだ。

と、川村は思った。

髪を後ろに結び、忍び装束を着こみ、手裏剣を手にしている。浅井の剣がかすったのか、胸元が斬られ、白い肌とかすかなふくらみが見えている。

戦う女。それが美しく見えるというのは、なぜなのか。女は楚々《そそ》として、耐えて、人目を忍んで泣いて、はかない命を散らしてこそ美しいのではないか。なのに、真向かいに立ちはだかったこの女の美しさはどうだ。

「誰にもやりたくない」

と、川村は言った。

「そなたはわしの下忍。わしの手の中で死ね」

川村は抜刀し、走った。

手裏剣が来た。近い距離からの手裏剣を、わずかに刃を動かしてはじくと、そのまま横に滑らせた。

織江は大きく飛んだ。刃はその足元をかすった。

いったん、風になびく帆の端を摑《つか》み、さらに足から駆け上がるようにして宙で反転した。そのときはもう、次の手裏剣が放たれていた。

かっ、かっ。

二つ並んで手裏剣がはじけた。二《に》連星《れんぼし》。

「わしに手裏剣は通じないぞ」

川村はまるで体勢を崩すことなくさらに接近した。

織江が後ろに飛んで回る。回りながら手裏剣。乱《みだ》れ八方《はっぽう》。つむじ風。

「まだ、わからぬか」

そう言いながら、川村は驚いている。手裏剣の切れがさらに鋭さを増している。

この女はまた腕を上げたのだ。

このままつづけばこっちが危うい。嫌な疑念が兆したとき、僥倖《ぎょうこう》は川村に訪れた。

宙から着地した織江を突風が襲った。九州の颶風《ぐふう》。身体ごと持っていこうとする。それで足が滑った。

——やった。

未練がわかぬよう一太刀で斬ろうと前進したとき、ふいに凄《すさ》まじい力が後ろから川村にからんだ。両腕両足に男がしがみついてきていた。

「なんだ、これは」

万力のように締めあげてくる。川村は倒れまいとするのが精一杯だった。

「織江さま。静山さまを助けてやってください」

と、背中の男が言った。

「わかった」

織江は軽く頭を下げ、踵《きびす》を返した。

「いま、織江さまと言ったな」

川村は背中の男に言った。顔を見ることもできない。回された手足や頭の位置からして、そう大きな男ではない。嗄《しわが》れた声から察すれば、歳はかなりいっているのではないか。ヤニ臭いにおいがぷんぷんした。

「ほう。そうかな」

「織江は静山の娘であろう」

「そりゃあ、聞き間違いじゃないかな。川村さま。川村真一郎さま」

何度も「さま」を強調した。

「愚弄《ぐろう》するか」

「とんでもない。織江さまを思う恋ごころ。同じ男として羨《うらや》ましいほどじゃ。美しき汝《な》が横顔をうかがえば我より遠き星を見ており。いいではないか。恋のせつなさに胸がきゅんと締めつけられるようじゃ」

「きさま。それをどこで？」

川村は驚愕《きょうがく》した。

桜田御用屋敷でつくり、自分の部屋の手帖《てちょう》に記しただけの歌である。まさか、あそこに忍び込んで、この歌を書きとめて行ったというのか……。

まさか、お庭番の牙城《がじょう》に忍び込んでくる他藩の忍者がいるなどとは、いままで思ってもみなかった。

「気になさるな。秘密はお互いさま」

「く、くそっ」

川村は渾身《こんしん》の力でからまった手足を外そうとする。だが、外れない。無理に引き離そうとすると、関節が砕けそうだった。

「外れぬだろう」

「何の術だ？」

「術と思うから外れぬのだ。これは芸なのだ。げっげっげ」

背中の忍者は下卑た声で笑った。


下の船室で、児島専六と森一平が人だけ捜し回って出て行ったのに対し、羽佐間仁十郎は一つずつ、この船に積まれた荷物を確かめていた。生真面目な性格で、きちんとした対応をしないと気がすまない。それに織江が荷物の中に隠れていることも充分ありうるではないか。

——これは……。

羽佐間は船荷を一つ開けるたび、顔色を失っていた。容易ならざる事態だった。この船には、ご禁制の品物が山と積まれていた。

武器もあった。工芸品もあった。わが国の地図や、書物もあったし、小判が詰まった千両箱もあった。もしもこれらが異国にでも運ばれようものなら、わが国のさまざまな事情が知られてしまうだろう。

一つずつ箱に納めたりしている丁重な扱い方を見ても、これは貢物に違いなかった。

では、誰に渡すのか。清国の王か。シャムや印度《インド》の王か。

——もしかしたら、南蛮国の王？

松浦静山は何をしようとしているのか。たかだか六万数千石程度の九州の片隅の大名だが、おそらくだいそれた野心を秘めている。

開国をもくろむような者は、自国の秘密の保持にだらしない。それは静山にも当てはまることなのだろう。

——あの、売国奴めが。

怒りがこみ上げてきた。短槍《たんそう》を手に、階段を上ろうとしたとき、後ろから声がかかった。

「何かわしに言いたいことがあるのではないかな？」

松浦静山だった。

「松浦さまがなさろうとしているのは、抜け荷などという小さな悪事ではなさそうですな」

「そうじゃな。われらは海の民。心は濤《なみ》の向こうにあるらしくてな」

「心は濤の向こう？　それは、異国と交易をしたいということですな？　いや、すでに手を染めておられるのですな？」

「わしは国を開いてやろうと思っているのさ」

松浦静山はぬけぬけと言った。

「それは許すわけには参りませぬ」

羽佐間仁十郎が静山に短槍を向けた。

静山はよろめくように後ろに下がって、重ねられた荷物の木箱にもたれかかるように立った。右足に添え木が当てられ、さらしでぐるぐる巻きにされている。

「ほう。足をどうかされたのか？」

「うむ。海の巨獣と戦ってな、敗北を喫したのさ」

冗談のように静山は言った。

「では、わたしと戦うのもやめて、われらがすることを黙ってご覧になっていればいい。沙汰《さた》は追ってくだされますでしょう」

羽佐間仁十郎は短槍を下に向けた。

「よい。わしの怪我など気にするな。そなたくらいの腕の者は、右足どころか、右手だって使わなくても大丈夫じゃ。将棋で言えば、飛車角抜き。わかるか」

明らかに侮っている。あるいは挑発している。

「そこまでおっしゃるなら。手加減はいたしませぬぞ」

「だが、わしのほうは少し手加減をさせてもらうぞ」

これには羽佐間も激高した。

「きぇーっ」

電光のように短槍をくり出した。

「むうっ」

静山はこの槍を受け、横に流して、逆に突いた。

「うぉっ」

羽佐間仁十郎のこめかみを静山の剣がかすめた。

「なんと」

驚いた。右足を使えないというのに、この動きである。さすがに『常静子剣談』の作者だった。

「たぁ、たぁ、たぁ」

羽佐間はつづけざまに突いた。ひそかに〈きつつき〉と呼ぶ技である。ほぼ同じところを狙う。

静山が受ける。

十回に一度は少しずらして突く。静山はどうにか受けた。さすがである。

限りなくつづける。

次第に静山の剣が遅れてきている。

短い槍は長槍と比べて動きが速い。長槍を見慣れた者ほど、それに戸惑いを覚える。静山もそうであるはずだった。

「たぁ、たぁ、たぁ」

静山の腹を突いた。それはほんの少し、皮を破いた程度だろうが、静山の防御が崩れてきたのを示している。

――よし、勝った。松浦静山に。

勝利の喜びがこみ上げた。

そのとき、子どもの声がした。

「トトさま」

喜びと甘えの声。

「えっ」

娘がいるのか。そんなことはありえないのに、声が聞こえてしまった。

横に気が行った。小さな足音が聞こえた。こっちに駆けて来る。こんな危ないところに来ては駄目だ。

羽佐間仁十郎の手が止まったとき、静山の剣が左胸に突き刺さった。

――あたしはなんて残酷なことをしたのだろう。

と、織江は船板にうずくまるようにして自分を責めた。

羽佐間仁十郎は子煩悩だった。子どもの声で気持ちが乱れることは確かめていた。

とくに小さな娘の声で。

その声をつくり、駆けて行く小さな足音も立てた。

羽佐間の目には駆けて来る娘の姿が見えたのだろう。娘を抱き上げながら死んでいったのだろう。その、江戸にいる小さな娘からあたしが父親を奪ったのだ。

勝利は、なんてせつないものなのか。敗者を踏みにじること。勝者に名誉を与えてはいけない。名誉は敗者にこそ与えるべきだろう。

――羽佐間さん。別の世の中で会いましょう。戦わなくても生きていけるような世の中で、また会いましょう。

織江はそう祈った。

疲れてきていた。身体がいっきに重くなった。

本所のお化け屋敷で戦った連中とは格が違う。宵闇順平《よいやみじゅんぺい》や呪術師寒三郎《じゅじゅつしかんざぶろう》たちより上だろう。さすがに将軍の身辺を守る男たちだった。

――あと三人……。

森一平と児島専六と川村真一郎。それで愛しい雙星彦馬に会える。ようやく正面切って会える。

織江は自分に鞭打《むちう》つような気持ちで立ち上がった。

静山は足の痛みをこらえながら、刀の鞘《さや》を杖《つえ》のようについて、上の甲板に出た。風はさらに強まり、船は大きく傾いたりする。雨も小粒ではあるが、風の勢いで痛いくらいに顔を叩《たた》いてきた。

——はっ。

手裏剣がきた。右手の刀で軽く払った。

小柄のような、真っ直ぐの鋭い手裏剣である。忍者が使う十字型や星型や八方ではない。

さらに立てつづけに来た。かっ、かっ、かっ……。五本。すべて払ったが、一本は弾《はじ》ききれずに、左の二の腕に刺さった。

「うっ」

すぐに抜いた。傷は深くはないが、毒だけが心配である。

足さえなんともなければ、手裏剣が来ている方向に突進する。それはとてもじゃないができない。

また、連続して来た。

かっ、かっ。

だが、今度は二本だけ。三本は途中で別の手裏剣に叩き落とされた。誰かが助けてくれたのだ。

雁二郎だろうと思ったが、違った。

忍び装束の女が隣に来ていた。雙星織江。わが娘だった。

かつて本所中之郷の屋敷に、飯炊き女として奉公した。そのあと、お化け屋敷で戦ったときも見かけた。それ以来である。

あらためて見ると、なるほど静山の面影があった。雅江の面影もあるが、あんな派手な美貌《びぼう》ではない。若いときの雅江よりは劣るかもしれない。だが、障子一枚へだてたような、よく見ると、情緒豊かな影が刻まれている——そういう控えめな美しさ。

——親のひいき目もあるやも知れぬが、充分、きれいな娘に育ってくれた。

戦いの最中だというのに、悠長なことを思った。

織江の身体が激しく動いた。

「三連星。乱れ八方。母さんの鎌首!」

連呼した。技の名前らしい、と静山は思った。

だが、相手は左手に持った三日月のような武器でそれらを叩き落とした。

「そなたが助けてくれるのか?」

と、静山は訊《き》いた。

「敵は同じでございましょう」

織江が答えた。どうやら、平戸藩に寝返ったわけではないと言いたいらしい。

「雙星彦馬のためにだな？」

「はい」

子どものように素直にうなずいた。そんなときは幼さも垣間《かいま》見える。したたかなくノ一のくせに。

静山は我慢がならなくなった。

「織江。そなたは、わが娘じゃ」

ついに告白した。いざ、告白したら、不思議な喜びが身体に満ち溢《あふ》れた。

「なんですって」

「ほら、油断するでない」

地を這《は》うような手裏剣が二人を襲った。織江は飛び、静山は刀で弾いた。

「雅江が亡くなるときに告げたのだ。わしは子どもがいることさえ知らなかった。雅江も報せる気はなかったのだろうが、すまぬことをした」

「……」

「なんとか雙星とともにこの国を出てもらいたい。それが、わしがそなたにしてやれるただ一つのこと」

織江はそれには答えず、

「来ますよ。あの手裏剣は力があります」

と、叫ぶように言った。

三日月が回りながら左手から飛んできた。

静山はこれを刀で受けた。だが、三日月は刀に激しい衝撃を与え、巻き上げるようにして飛び去った。

刀を見た。なんと、刃が半ばあたりで折れていた。

「なんという力だ」

「また来ます。あやつはいつもより焦っていますし、体調もすぐれぬはず。今が勝機です。あの手裏剣さえ防げたら、勝てるのですが」

三日月は弧を描きながら、森一平の手元にもどった。

「織江。そなたはわしの後ろから、あやつと同時に手裏剣を撃て。わしがあの手裏剣を叩き落としてくれる」

「はい」

織江は静山の後ろに消えた。小柄な娘である。愛らしいほどすっぽりと隠れてしまったであろう。

森一平の身体が大きく回った。そのとき、織江は手裏剣を放った。乱れ八方。雅江の得意技だった。

三日月が来た。回りながら来るので、薄い満月にも見える。静山は折れた刀を左手に持ち替え、右手には鞘を摑《つか》んでいた。赤い炎を映しながら飛んできたそれを静山は折れた刀で叩くとともに、左手の鞘をぶち当てた。手裏剣は鞘に食い込んで、ようやく止まった。

三日月は、動きを止めたら、扁平《へんぺい》な、情緒の欠けらもない鉄片に過ぎない。

森一平は織江が放った手裏剣を喉《のど》と左胸に受け、ゆっくりと仰向けに倒れていくところだった。

四

彦馬が南蛮船を近づけていた。

帆柱が三つもあり、それぞれに小さな帆が三枚から四枚ほどついている。これらを別々に扱えるのだから、大きな帆が一枚だけの弁才船とは、操舵《そうだ》性がまるで違う。嵐の中でもかなり自在な動きができた。

幽霊船は目の前まで来た。ただ、異変があった。真っ黒い、もう一艘《そう》の弁才船が、幽霊船に横付けされているのが見えた。そっと耳打ちされた凶事のように、不気味な印象だった。

「あれは何だろう、荘助?」

彦馬は啞然《あぜん》として訊いた。

「さあ?」

荘助も首をかしげた。

しかも、かがり火にしてはやけに明るい火が甲板にあった。火は幽霊船だけでなく、真っ黒い船のほうでも焚《た》かれていた。この風雨の中でよくもあれだけ燃えるものだと思った途端、

――火事なのだ。

と、察した。

甲板で何人かが動いている。争っているようすである。

――何かあったのだ。

ついに、四天王が乗り込んできたのだ。胸が高鳴ってきた。ということは、織江もあそこにいるのではないか。

「おい、ゆっくり近づけるぞ」

と、彦馬が怒鳴った。

「ゆっくりだ、ゆっくり」

一人の水夫がそう叫ぶと、まるで意味がわからない言葉があちこちでした。

すると、向こうの船で人が宙を舞うのが見えた。

長い髪を無造作に後ろに束ねていた。短い筒袖《つつそで》の着物を着て、袴《はかま》は脚絆《きゃはん》で裾《すそ》のあたりが締められていた。背中に刀の鞘《さや》が吊《つ》るされているのも見えた。

ちらりと顔が見えた。

織江だった。この前、浦賀の港で見たときより、ずっと近くにいた。表情すらわかるくらいだった。

思わず船の縁に駆け寄った。

「織江!」

言ってしまってから思い出した。戦っているときに名を呼んではいけない。気が削《そ》がれる。静山からそう言われていた。

――この風雨で、聞こえないでくれ。

彦馬は咄嗟《とっさ》に祈った。


川村真一郎は、なんとも歯痒《はがゆ》かった。

背中に不気味な忍者がからみついている。力ずくではどうにも離れない。

相手も手足はふさがっているのだから、これ以上、攻撃はできないはずである。

だから、命の危険はない。単に手足の動きがままならないだけ。ぼんやりした子守り娘みたいに立ち尽くすしかない。

なんと屈辱にまみれた光景であることか。

「ほら、どうにかしなよ」

背中の忍者がからかうように言った。

「くそっ」

「わしがこれ以上、攻撃はできないと思っているのだろう。生憎《あいにく》だな」

「なんだと」

「まだ、歯が空いているだろうが。これで、あんたの首に食いつかせてもらうぜ。わしは〈犬のぷるぷる〉という芸を磨くとき、気持ちまで犬になろうと、歯を削って犬の歯みたいに尖《とが》らせたのよ。これで、あんたの首を走る血の道を食いちぎってやる」

がぶっと歯が食い込んできた。本当に血の道は食い破られるだろう。

「うわぁっ」

川村は渾身《こんしん》の力で自ら後ろにそっくり返った。

「むぎゅっ」

という声がした。

それでも必死で今度は横に何度も転がった。何回転目からかわからないが、川村は一人きりで転がっていた。

織江は児島専六がふたたび船室から現われたのを見た。船酔いのような顔をしている。動揺がつづいているのだ。

児島は周囲を見回し、仲間がずいぶん少なくなっているのにも気づいたらしい。絶望が走ったように顔は歪《ゆが》んだ。

四天王のうちでも頭領格だった。だが、心のうちには四人の中でもいちばん弱いものを抱えているのはわかっていた。

上に立とうとする者にはしばしばあることだった。本当はいちばん下でうずくまっていたい心。心術を使いつづけてくると、それはよくわかるのだった。

弓矢の遣い手としては明らかに当代随一だった。この男が将軍のそばにいれば、まさに一騎当千だろう。誰かが「曲者だ」と、指差せばいいのだ。この男の放つ矢は、あやまたず曲者の胸を射貫《いぬ》くだろう。逃げようとすれば、背中の真ん中へ突き刺さる。

しかし、それは相手が忍びの者ではない場合だった。

織江にすれば、弓はいちばん楽な相手だった。

技としては凄《すご》いものがある。手裏剣や短槍と比べても、これがいちばん奇蹟《きせき》のような技だった。ただ、弓という武器にはひどく弱い部分を宿命的に持っていた。

それは弦であった。

そこを再び断ち切れば、また使いものにならなくなる。しかも、弦は長く、狙いやすかった。手裏剣を飛ばせば、戦いは終わるはずだった。

児島専六は甲板に出ると周囲を見回した。

織江は荷物の箱の上に飛び乗った。

「さあ、来い。児島専六」

「きさま」

児島専六はこっちを見た。

見た途端、織江は手裏剣を放った。風の中で、びん。

という音がした。手裏剣は弾かれた。

鋼の弦であった。

「え？」

児島専六は荷物の陰に消えた。

——見くびったかもしれない。

と、織江は恐怖とともに思った。

そのとき、視界に南蛮船が入ってきた。巨大な船だった。嵐の夜に出現した魔物のように、巨体を揺すぶらせている。

甲板に彦馬の姿が見えた。声も聞こえた気がした。

「織江」

と、呼んだのだ。

児島専六も聞いたに違いない。児島専六は彦馬を殺そうとするだろう。絶望の淵《ふち》に叩《たた》き込《こ》んで、戦う気力を無くしてやる——きっと、そう考える。

「彦馬さん。来ては駄目」

手を伸ばし、船の縁に駆け寄った。

視界の隅で、児島専六が立ち上がったのもわかった。だが、彦馬の姿で織江は惑乱していた。

矢は織江の胸めがけて放たれた。

五

矢が突き刺さる寸前——。

織江の前に飛び込んできた男がいた。

男は飛び込みながら、刀を児島専六に投げた。それは児島専六の横腹に突き刺さった。

織江もすぐに手裏剣を放った。だが、児島専六はすばやく物陰に消えた。

矢は男の胸を貫いていた。左胸の肩の下。飛び出した鏃《やじり》は、獣の爪のように禍々《まがまが》しかった。

男は盾になったのだ。咄嗟《とっさ》に静山かと思ったが、違った。

「え？」

川村真一郎だった。なんと、川村が織江を守ったのだ。

「川村さま」

「む」

うなずいた。

「どうして？」

「わかるか。そんなこと」

照れたように笑った。いままで見た川村の表情の中で、いちばん親しみが感じられた。

「手当を」

と、織江は言った。自分の命を救ってくれた。見過ごしにはできない。

「よい。矢は急所を外している」

そう言って、ぐいっと突き刺さった矢を抜いた。肉の破片もくっついてくる。織江は思わず目を逸らした。

「それより、児島だ。あいつもあの程度の傷では死んでおらぬぞ」

今度は上司のように叱った。

児島専六は荷物の陰をすばやく動いた。

船尾のほうに回り、いったん腰を下ろした。

「何てことだ」

と、頭を抱えて呻《うめ》いた。

もう仲間は誰もいない。しかも、お庭番の川村まで、織江を助ける始末ではないか。

――どうなっている？

咄嗟に考え、思い至った。川村の思惑は、上さまと同じだったのか。つまり、自分の女にするため、追いかけ回していたというのか。

ふざけた話だった。

やはり、自分たちは、あのくノ一を舐《な》めたのだ。いや、松浦静山のことも見くびったのだ。このままでは、織江を拉致《らち》するどころか、静山の抜け荷さえ見過ごしてしまうことになる。

——ここを脱出し、これまでのことを伝えなければならない……。

だが、逃げ切れるのだろうか。

仲間はいない。荒れ狂う海。

逃げるのは難しかった。

こうなったら、せめてあの憎いくノ一だけでも仕留めたい。ここまで四天王をひそかに見張り、弱点を見破った。四天王の名誉は、あの小娘一人に踏みにじられてしまったではないか。

児島専六は弓矢をつがえた。だが、うかつに顔を出すことはできない。あいつのほうでもおそらく、こちらのちょっとした動きにも目を凝らしているに違いない。

南蛮船が横付けされようとしていた。

だが、波風のため、ぴったりつけるのは難しいらしく、まだ南蛮船の後部が、幽霊船の前部とわずかに触れ合う程度だった。

「彦馬さん」

織江は小さな声で言った。

彦馬が南蛮船の縁に立っている。織江を捜しているのだ。

だが、織江も出られない。

まだ、児島専六がどこかにいる。怪我の手当でもしているのか。うかつには近づけない。距離をつくってしまうと、矢はやはり手裏剣より恐い。飛んで来る速さがまるで違う。

「彦馬さん。来ては駄目」

児島専六は必ず彦馬を狙う。

織江は目で児島専六を追った。わからない。荷物があちこちに積み上げられている。その陰のどこかにいる。

織江は帆柱を見上げた。

「あの上から見れば」

疲れ果てていた。だが、よじ登らなければと、自分に言い聞かせた。

矢が来るのを警戒しつつ、織江は帆柱を登った。彦馬にも見られないよう、太い帆柱の裏側を進んだ。

波風で船がかしぐたび、帆柱は激しく揺れ、手足が引き剝《ひは》がされそうになる。どうにか見張り台のところまで来て下を見た。幽霊船の甲板も南蛮船のそれもすべて眼下に見えている。

――児島専六はどこ？

目を凝らした。

上から見ても見つからない。死角に潜んだのか。

がくん。

と、船が大きく揺れた。

ようやく船同士が接触し、綱で結ばれた。高低の差があり、渡された板は斜めになっている。

それでも彦馬は先頭を切って、渡って来た。

「織江。どこだ」

彦馬は捜している。

織江は上からその彦馬を狙う児島専六を捜している。

「どこ？　どこにいるの？」

織江の心は焦る。

「さ、早く、こちらに、渡って。おい、荷物を移すぞ」

宇久島の荘助が叫んでいる。

怪我と疲労で座り込んでいた松浦静山を水夫たちが抱え、南蛮船に運び込んでいった。

雁二郎が横たわっている。

──死んでしまったのか。

あの男には何度も助けられた。凄《すご》い忍者だった。最初に会ったときは、彦馬の養子ということだった。子どもなのか大人なのかわからない、不思議な男だった。だが、あたしの正体は早くから見破っていた。

──ん？

雁二郎の背中が動いている。ぷるぷるぷると微かに震えている。

織江は微笑んだ。あれがやれるなら大丈夫だった。

水夫が荷物を運び出し始めている。

「織江、どこだ？」

耐え切れず、彦馬が大声で呼んだ。

「彦馬さん、駄目。隠れて！」

織江が叫んだ。

荷物のあいだから、弓を構えた児島専六が姿を現わした。だが、矢の狙いは彦馬ではなかった。こっちを向いていた。児島専六もまた、織江の居場所を捜していたのだった。

「ちぇーっ」

織江は手裏剣を放とうとした。だが、それよりも速く矢は眼前に来ていた。

織江は大きくのけぞった。

矢はぎりぎり胸元をかすめて過ぎた。

下で雁二郎が、矢を放ち終えた児島専六に飛びかかるのは見えていた。今度こそ確実に、息の根を止められてしまっただろう。

だが、織江の身体はもはや体勢をもどすのは困難なほど傾いていた。

「あっ」

織江も声を上げた。同じように、彦馬も下で叫んでいた。

突風が吹き、帆柱がしなるように揺れた。

織江の身体は飛ばされるように落ちた。それをさらに風がさらった。

「ああっ」

織江の身体は、荒れ狂う海の中に落ちていった。

「織江!」

雙星彦馬は船の縁に駆け寄り、何のためらいもなく、海に飛び込んだ。爆発でも繰り返しているような、怒りと哄笑《こうしょう》の海。凄《すさ》まじい波のうねりである。

——織江、どこだ！

波が身体を持ち上げ、海の中へ叩《たた》き込《こ》む。真っ暗な闇である。静かな海なら、身体が浮いていくほうが海面である。だが、逆巻く波の中で、上も下もわからなくなる。

ふいに息がつけるようになる。それが海面である。だが、肺いっぱいに息を吸う間もなく、また波の中に引きずり込まれる。織江の名を呼ぶことすらできない。

苦しい。だが、織江も同じ思いをしている。

手を伸ばす。せめて、触れ合うことができたら。指と指だけでも触れ合うことができたら。そんな何でもないことに、絞り出すような願いが込められる。

だが、何も触れない。指は空しく水を掻《か》く。

「雙星、雙星！」

荘助が呼んでいる。

小舟が降りてきている。

上には松明《たいまつ》の灯りが五つも六つも見えた。

「雙星！　摑《つか》まれ！」

荘助が叫んでいる。

いいんだ。このまま織江を捜させてくれ。わたしのことは放っておいてくれ。

「気を失うぞ。早く身体を縛れ」

ほかの誰かも手を貸している。だから、わたしはいいと言っているだろう。織江だって、同じ思いをしているのだから。

彦馬は織江といっしょにいた。

小さな飲み屋だった。たくさんの飲み屋が並ぶ中の一軒だった。狭くて急な階段を登った気もする。

女将《おかみ》が一人いて、よそのほうを見ていた。客はほかに一人もおらず、静かな夜が更けていた。食いものの匂いはほとんどせず、ただ酒が前にあった。

並んで座っている。

彦馬は腕組みをし、織江は目元をかすかに赤くしている。

他愛もない話をしていた。

「ニワトリを飼わないといけないね」

と、織江が言った。

「ああ、そうだな」

と、彦馬はうなずいた。

「そうしたら、毎日、玉子かけご飯が食べられるよ」

「それはいいや。納豆も載せてな」

「あたしは納豆なんか載せないよ。だったら、佃煮《つくだに》を載せる。江戸育ちだからね」

「ああ、織江は江戸育ちだったっけ」

人生は小さな夢。

飲み屋にいる彦馬と織江が本当で、軽い酔いでうとうとしながら、海で溺《おぼ》れる夢を見ているのだった。

「馬鹿みたいな夢だ」

と、彦馬が言った。

「ほんとね」

織江が柔らかく微笑んだ。

六

川村真一郎は、港の岸壁に呆然《ぼうぜん》と立っていた。胸の矢は急所を外してくれていた。痛みはあったが、歩けないほどではなかった。

嵐は去り、港の海面はいつもどおりの穏やかさだった。

沖合とこっちとを何艘《そう》もはしけが行き来している。はしけの中には長崎奉行所の役人たちもいた。

声も聞こえてくる。

「ほんとに幽霊船なのか？」

「それはわからぬが、古い弁才船だ。半分くらいは焼けてしまっている」

「死んでいるのは何人だ？」

「四人だ。皆、武士みたいだ」

四天王が斬った水夫もいたから、死体は四人よりもっと多いはずである。おそらくほかの遺体は静山たちが片づけてしまったのだろう。

四天王の身元はわからない。川村も告げるつもりはない。連中は何も知られないままこの長崎で茶毘《だび》にふされる。

黒く塗られた弁才船は、江戸にもどるよう水夫たちに命じた。ここで見聞きしたことは決して他言するなと、それは脅すように伝えてあった。

——自分はなぜ、あのとき、織江を助けたのだろう。

川村は不思議だった。雙星のもとに行かせるくらいなら、織江を殺してしまう。そうするのが自分だと思っていた。

だが、雙星がいる隣の船に手を伸ばしながら駆け寄った織江の必死の横顔を見たとき、思いがけない憐憫《れんびん》の情がこみ上げて来た。けなげさに胸を打たれた。そうしたけなげな思いは、もしかしたら誰の胸にもあるのではないか。だからこそ、自分の胸をあれほどに打ったのではないか。

手を伸ばすこと。

不可能なものに触ろうとすること。

人は皆、そうやって生きてきたのではないか。

幸せとか。生甲斐とか。夢とか。

絶対に届かない。でも、諦《あきら》めない。

川村は、切ないものを見てしまったと思った。あんな切ない光景はやはり見るべきではなかったかもしれない。

織江は結局、嵐の海に落ちてしまった。あれではいくら腕利きのくノ一であっても助からないのではないか。

――ぜんぶ、終わった。

川村真一郎はこの二年のあいだ、自分の胸をざわめかせた風が、吹き過ぎていくのを感じていた。

南蛮船は、いったん平戸に立ち寄った。

静山や雁二郎たちをこのまま連れて行くわけにはいかない。

平戸の城で、雙星彦馬は高野長英を紹介された。のちに蛮社《ばんしゃ》の獄《ごく》で有名になる高野長英は、シーボルト塾でドクトルの称号を得たあと、平戸の松浦家で食客となっていた。

「欧州に行かれるのですか。羨《うらや》ましいです」

「うまく行けるといいのですが」

「欧州のフランスでは、巴里《ぱり》という都市で、蜂起《ほうき》によって政治の実権を民衆が握るということがあったそうなのです」

「ほう」

「ただ、オランダはフランスと仲が悪いせいもあって、出島にも正確なところが入ってきません。わたしたちは、ロシアから清国経由で来る乏しい知識しかありません。もし、もどって来るときがあったら、ぜひ、詳しい話を聞かせてください」

と、高野長英は言った。

「わかりました」

彦馬はうなずいた。

「では、御前」

静山に別れを告げる。

「さきほど、ほかの者から報《しら》せが来た」

「はい」

長崎には静山が送り込んだ密偵が、ほかに何人もいる。

「幽霊船で遺体が四つ、見つかった。幽霊船は長崎奉行が引き取ったが、もちろんいくら調べてもわが藩の形跡はない」

「よかったです」

「だが、お庭番の川村の行方が分からないらしい。しかも、周辺の海に異変はないかと、警戒する船を巡回させているらしい。もうぐずぐずはしておられぬぞ」

静山は未練を断ち切るように強く言った。

「織江は生きているのでしょうか」

「そうあって欲しいがな」

静山は辛そうに横を向いた。おそらく信じてはいない。

「せめて暗くなるまで」

「む。そういえば、今宵《こよい》は七夕だったな」

「御前。お城にもどられましたら、これを笹に」

静山に短冊を渡した。「このままで」と書いたものを消し、そのわきにべつの文字が書かれてある。

「いつの日か……織江が書いたのか」

「はい。それとこれも」

手裏剣も渡した。赤く錆《さ》びてしまっている。

「手裏剣は星のようではないか。並べて雙星と洒落《しゃれ》るか」

「光らない雙星ですか」

彦馬は苦笑した。

いったい何刻待っただろう。

水夫たちが怒るというより彦馬を憐《あわ》れんでいるような顔になってきている。

——もう諦めるしかないのか。

やっぱり織江は、かぐや姫だったのか。

「お頭。風が変わりつつあります」

荘助がつらそうに声をかけてきた。

「よし」

彦馬は諦めた。船を出すしかない。

何か大きなものが消えた気がした。おそらくは自分は、この先、粛々《しゅくしゅく》と生きていくのだろう。織江のことはもう思い出さないかもしれないと思った。思い出さないのは、いっしょに死んだからだった。そして、自分という人間の大半は死んだまま、ただ、やるべき仕事だけをしていくのだろう。

もう、どんな幸せもいらなかった。

わたしの幸せは、あの夢のようなひと月で終わったのだろう。いや、違う。あのあと織江を追って江戸に行き、再会を夢見ながら生きた日々も、充分に幸せだった。これ以上は贅沢なのかもしれなかった。

「帆を上げよ」

と、水夫たちに言った。

そのときだった。

視界の片隅で流星が走った気がした。

だが、星ではなかった。小舟だった。まったく予想していなかった外海のほうから、小舟がこちらに向かってやって来るのが見えた。

立って櫓《ろ》を漕《こ》いでいる姿も見えた。

「まさか……」

雙星彦馬は息を飲んで、その姿を見つめた。

近づいて来た。

織江だった。あの二年前の夏の夜と同じように、織江がやわらかく立って、上手に櫓を漕いでいた。かぐや姫ではなかった。織江はまぎれもない、雙星彦馬の織姫だった。

七

織江は彦馬がこっちを見たのがわかった。

「織江」

と呼んだ声も聞こえた。

飛び込もうとしたらしく、わきにいた男が慌てて彦馬の肩を押さえた。

――彦馬さんたら……。

おかしくて、嬉《うれ》しくて、胸が熱くなった。

海は凪《な》いでいた。星が海面に映ってきらめいている。櫓を漕ぐ手を速めると、足元がおぼつかない感じがして、また元のゆっくりした速度にもどした。

――あれから二年が経つのね。

平戸の湾をやはりこんな小舟で渡って行った夜。あのときは、まさか雙星彦馬にこんな強い思いを抱くようになるとは思っていなかった。

自分は仕事相手に心を動かされることなどないと信じていた。ただ、それまで仕事として接した男たちとは、まるで違うたぐいの、憎めない感じの男。でも、仕事を終えて江戸に帰れば、いつものようにきれいさっぱり忘れてしまう男。それくらいに思っていた。

あのひと月で、忘れられない人になった。

それでも彦馬が江戸まで追いかけて来るようなことがなかったら、ときおり思い出して切なくなるくらいで済んだのだろう。

まさかこんなわたしを追いかけて江戸まで来てくれるなんて、思ってもみなかった。しかも、自分を騙《だま》そうとしたくノ一だと知っても……。

――あのお人よしったら。

二年前には、まだ母さんも生きていた。

母さんはわたしがこうなるのを見て取ったのだ。だからこそ、わたしに抜け忍になる道を選ばせた。

お庭番を抜けてからの苦しい日々。わたしの顔は苦しさに歪《ゆが》んでしまってはいないだろうか。二年前と同じように、彦馬はわたしのことを「美人だ。むちゃくちゃかわいい。嘘みたいに素敵だ」と、言ってくれるだろうか。

昨夜ははっきり見ることのできなかった、奇妙なかたちの南蛮船が眼前に広がった。弁才船より二回りも三回りも大きい。帆柱は三本もあって、帆はいくつもに分かれている。

そういえば、彦馬から話に聞いたことがあった。大航海ができる船。「夢を運ぶ船だぞ」と、瞳を輝かせて語った船が、これであるらしかった。

その夢の船から縄梯子《なわばしご》が降りていた。

織江は手をかけ、登りはじめた。


──わたしたちは、めぐり逢《あ》えたのだ……。

と、星空の下で雙星彦馬は思った。

悠久の時の流れ。あるいは果てしなく広いこの世で、たとえ一度はめぐり逢えたとしても、ふたたびめぐり逢うことなく別れていく二つの存在。どんなに祈ろうが願おうが、泣こうが喚《わめ》こうが、それが本来のありかたなのだろう。

だが、わたしたちはめぐり逢うことができた。

船の下までたどり着いた織江が、縄梯子をゆっくりと登ってきた。

──どんな言葉で迎えよう。

雙星彦馬は頭の中でふさわしい言葉を探し求めた。めぐり逢いをことほぐ言葉。奇蹟《きせき》をたたえる言葉。

言葉は何も見つからなかった。

そのかわり、この二年の歳月がめまぐるしい速さでよみがえった。そうしてその二年の向こうに、もはや夢のようになっていたひと月があった。

船の手すりに織江の手がかかった。もう一方の手を彦馬はしっかりと摑《つか》んだ。こぼれ落ちる時の砂を一粒たりとも逃がさぬように。指と指。手と手。

懐かしい顔が目の前に現われた。

ちょうど二年ぶりに見る顔だった。

美人だった。むちゃくちゃかわいい顔だった。誰よりも素敵だった。異論はあるかもしれない。それは知ったことではなかった。自分がそう思うのだから、誰にも文句は言わせない。

だが、すこし痩《や》せたかもしれない。それはそうだろう。おそらく想像を絶する戦いを生きのびてきた。

「星が降るようだね、彦馬さん」

と、織江は柔らかい笑顔で言った。あのときもそうは言わなかったか。二年前。夏の夜に、平戸の湾を越えてきたときも。

「ほんとだな」

彦馬は空を見上げた。

昨日の嵐が嘘のように、空は晴れ渡っている。息をすると、星屑《ほしくず》が肺に入ってきそうに、満天の星。宇宙の運命を示すように、大きく流れる天の川。目いっぱいの銀河、その下のちっぽけな二人。

だが、織江の顔が夜空ではなくこっちを見ているのに気づいた。

「ほら、見ないの？」

と、彦馬は怪訝《けげん》な気持ちで訊《き》いた。

「見てるよ。彦馬さんの瞳の中の星を」

「見えるか？」

涙があふれているはずである。恥かしいので、見られたくない。

「見えるよ」

意外にも織江の目には涙がなかった。

そのかわり、さっきからずっと、ただの一瞬たりとも目をそらすことなく、自分を見つめてくれていた。その視線の強さとやさしさ。二つの言葉が脳裏《のうり》をかすめた。菩薩《ぼさつ》。慈悲。自分はいま、なんと幸せなのだろう。

織江のほうは自分のことを、ちゃんと頼りになる男として見てくれているのだろうか。二年のあいだに、自分もどうにか成長できたのだろうか。織江が菩薩なら、せめて自分は仁王さまくらいに。

男と女。守りつつ、癒《いや》されつつ。助け合って、この厳しい世の中を生きていかなければならない。

抱きしめたかった。溶け合うほどにすぐそばにいる織江を強く抱きすくめたかった。あいかわらず、嘘みたいにきれいだった。だが、皆が見ているではないか。しかも、出帆の準備でそれどころではないではないか。

――それはあと。それはあとでゆっくり。あんなことも。そんなことも。心ゆくまで。

彦馬は自分に言い聞かせたつもりだった。

だが、身体は言うことを聞かなかった。彦馬の手が広がり、織江がその手の中にそっと入ってきたのを、強く抱き寄せた。懐かしい、やさしくて、柔らかい感触だった。この柔らかさの中に、慰撫《いぶ》と癒しがひそんでいるのだった。

どれくらいこうしていたのか、ふと気づくと、船乗りたちがこっちを見ていた。

咳《せき》払いと笑い声が交互にした。

「うぉお」

「ひょっひょぉ」

奇声も上がった。

二人は照れ臭そうに見つめ合い、離れた。

「そうだ、織江」

「なに？」

「静山さまは、じつはお前の」

「知ってる。昨日、戦っている最中に告げられたよ。でも、なんとなくそう思っていた。中之郷の屋敷の犬たち。あたしにあんなに懐いたのも、たぶん似たような匂いがしてたんだね」

「そうだったのか」

「静山さまがどうしたの？」

「報《しら》せてあげたいんだ。わたしたちが逢えたことを」

「どうやって？」

織江は平戸の城のほうを見た。

「まだ、出ぬようだ」

松浦静山は沖の船を見ていた。天守閣に望遠鏡を設置し、ほとんどそれをのぞきっぱなしだった。

「いまがいちばんいい風だろうにな」

「あ、帆が張られていますな」

と、隣にいた雁二郎が言った。

雁二郎の目は両方とも回復していて、相変わらず望遠鏡などなくても、遠くまで見えるらしい。ただ、身体のあちこちにヒビが入っていて、べたべたと貼りつけた膏薬《こうやく》の臭いは、近くにいると噎《む》せてしまうほどだった。

「うむ。いよいよか」

静山も、望遠鏡の中に風にはためき出したいくつもの帆を見た。

おそらく雙星彦馬は織江を待っていたのだろう。

ついに出会えぬまま、二人は別れてしまうのだ。だが、それはこの世のつねだった。われわれは一期一会を繰り返し、やがてこの世に別れを告げる。それを厭《いと》えば、この世そのものも憎まなければならない。

あの嵐の海である。まず助かりはしない。

じっさい静山は、忍びの双星一族に、あのあたりの海を徹底して捜すよう命じていた。報告はまだ来ていなかった。

「ん？」

船の舳《へ》先《さき》に松明《たいまつ》がかかげられていた。赤い炎は、風のせいもあってか、地上の星のように瞬いている。

「何の合図だ？」

「さあ？」

もう一つ、今度は艫《とも》のほうにもかかげられた。

「松明が二つ。雙星のやつ、なんのつもりだろう」

「何か芸でもするのでしょうか？」

雁二郎は本気でくだらないことを言った。

すると、二つの松明はゆっくりと近づき、やがて船の真ん中あたりで出会い、一つに溶けた。

明かりは倍よりもさらに大きくなった。

「二つが一つに……そうか。逢えたのか、二人は」

静山は確信した。

すると、胸の中に熱いものが激しくこみあげてきた。何もしてやれなかった娘が最愛の男とめぐり会えた。あとは旅立つばかりである。

新天地。

もはや、父が与えられるそれ以上のものは何もないのだった。

昨夜、隣に立った織江の顔と姿を思い出した。ひたむきでけなげな表情。強敵に敢然と立ち向かったあの姿。一度も抱き上げることはなかったのに、あの子はなんと素晴らしい娘に育ってくれたのだろう。

すすり泣く声がした。驚いたことに、雁二郎が顔をくしゃくしゃにしてむせび泣いているではないか。ときどき気味が悪くなるこの怪物のような忍者が泣くのを見るのは、初めてのことだった。

「よかったな。雙星。織江……」

静山は大きくうなずいた。


「お頭、また風が変わりました」

荘助が帆柱の中ほどからこっちに向かって叫んだ。

「よし、出帆だ」

彦馬は手を上げ、船を見回しながら、

「準備はいいか」

と、大声で訊いた。

「準備、よう候《そうろう》」

「よう候」

あちこちから返事があった。

「彦馬さん、船長さんなんだね」

織江は目を大きくした。

「これが情けない船長なんだ」

と、彦馬は照れて笑った。

「ううん。すごく素敵な船長さんだよ」

織江はきっぱりと言った。

あらためて見ても、ちゃんと身体は鍛えていて。首だって太いし、肩なんか盛り上がって。決して歌舞伎役者にはなれそうもないけれど、やさしくて、一生懸命頭も使って、誰が何と言っても、この星でいちばんの海の男。

「頼りになりそうか？」

「うん。大丈夫だよ」

その言葉に礼を言うように、彦馬は織江の肩を軽く叩《たた》いた。

織江の足元で何かが鳴いた。見ると、三毛猫のにゃん太がいた。

「あ、お前もいっしょなの？」

「にゃあお」

と、にゃん太が見上げて嬉《うれ》しそうに鳴いた。

「あたしがつけてやった飾り、まだつけてくれてるんだね」

織江はしゃがんで、にゃん太の喉《のど》を撫《な》でた。勾玉《まがたま》に紐《ひも》を通した胸の振子。

帆がばたばたと音を立て始めた。

船が大きく揺れ出した。ぎしっぎしっときしむような音もする。

「いいのか、織江。どこへ向かうか知ってるのか？」

「もちろん構わないよ。もう絶対に離れないよ。でも、行く先は知りたいかな。どこ？」

雙星彦馬は悪戯《いたずら》っぽく笑って遥《はる》かな西を指差しながら言った。

「濤《なみ》の彼方《かなた》」

後記

一

こうして雙星彦馬船長とその妻織江が乗り込んだ船は、一路、オランダをめざして——と書きたいのだが、彼らの運命はそう順調なものではなかった。

想像を絶するさまざまな混乱と苦難が相次いだのである。

ここからはできるだけ簡単にその経路をたどることにしよう。

この船はルソン——ここに来るまでもずいぶんいろんなことはあったのだが——を出たところで、激しい嵐に襲われ、難破してしまうのである。これは船長の技量とは無関係の、この地域でも何十年に一度という気候の急変によるものだった。

船体は粉々に砕け、乗組員たちは嵐の海に投げ出された。

いったい何人の乗組員が助かったのか、記録はほとんど残されていない。ただ、のちにソースケという名が、現地の功労的な人物として記録されていて、あるいはそれが宇久島の荘助であったかもしれない。

雙星彦馬と織江と猫一匹は、そこからかなり離れた南太平洋の孤島にたどり着いたのである。

この島でおよそ一年過ごしたあと、二人は小舟——といっても高瀬船くらいの大きさはあったのだが——をつくって島を出ると、次にマーシャル諸島のうちの一島に漂着した。現地の人が驚くほど無謀な航海だったが、しかし二人は意外に意気軒《けん》昂《こう》であったらしい。

その島にも二人は一年といなかった。次に二人がたどり着いたのは、南米に近いポリネシアの島であった。この島では食糧や必要なものを、現地の人が見たこともない楕円の金貨で調達し、すぐに旅立ってしまった。二人と猫一匹が大陸に足を踏み入れたのは、日本を発《た》って四年後のことだった。

こうまでして危険な海の旅をつづけたのは、松浦静山との約束を果たしたいという強い思いのせいであったという。

大陸に着いた二人は、今度は徒歩で東に向かった。

だが、雙星彦馬と織江は、残念なことだが、ついにオランダへたどり着くことはできなかった。

そのかわり——。

二人と猫一匹は平戸を発ってから八年後になるが、西部開拓の機運が高まりつつあったアメリカ合衆国に姿を現わしたのである。

ここで、彼らは新興国アメリカの勢いを目の当たりにし、静山の思いを託すのはオランダではなく、この国ではないかと、思い至ったのだった。

彦馬が五十になったころ。

織江ともども出席したニューヨークのとある銀行家が開催したパーティで、一人の魅力的な男とめぐり会った。

ここで雙星彦馬は、パーティの席上などでときどきやってみせる得意の芸を披露した。

「では、わたしが異国にいる親戚《しんせき》の者から、餞別《せんべつ》にと伝授された芸を披露させてもらいます」

彦馬がそう言うと、織江は「あたしはちょっと席を外しますよ。恥かしくて」と席を立った。

そこで雙星彦馬が見せたのは、〈猫の股《また》なめ〉という芸であった。猫が日向《ひなた》ぼっこをしながら手や足を舐《な》めはじめ、ついには股のあたりまでぺろぺろやり出すさまを、じつに本物のように演じてみせるのだ。

このときも会場にいた人たちは大爆笑となった。

このころになると、彦馬も英語は達者になっていて、洒落《しゃれ》た冗談の一つや二つは、言えるようになっていた。だが、猫の股なめという芸は、たちまち見知らぬ人の警戒をとき、瞬時に旧知の友人のようにしてくれるのである。この効果を実感するたび、彦馬は雁二郎という男の才能を見直したものだった。

この日も、何人かの人物がすっかり胸襟を開いて話しかけてくれたが、そのなかにマシューという名の面白い人物がいた。

しかも、彦馬と織江が遠く日本から漂流や小舟の航海をつづけ、アメリカ大陸に渡って来たのだと知ると、パーティが終わったあとまで、話し込んだのだった。

「わたしは、海辺の町に生まれ育ち、父が海賊船に乗り込んでいたこともあって、子どものころから海への憧《あこが》れを強く持っていたのです。鯨の海。鮪《まぐろ》の海。夜光虫の海……。ただ、よくよく自分の気持ちを眺めると、海そのものへの憧れというよりは、遠いところへの憧れだとわかりました。つまり、わたしは遠くへ行きたかったのですね」

「まったく同じでした」

と、雙星彦馬は言った。そして、自分たちはいま、こうしてはるか遠くに来ているのだと。

彦馬と織江は、そのあるじでもあり父でもある男の名は出さなかった。迷惑が及ぶことを恐れたのである。ただ、日本にはそうした藩主がいて、国を開くことを熱望していることは力説した。

「わたしたちの国には、どうにか国を開きたいと思っている者だってちゃんといるのですよ」

と、彦馬は胸を張って言った。「狭隘《きょうあい》で頑迷な者ばかりではありませんよ」と。

ほぼ同じ歳のその男はひどく驚き、

「じつは、わたしもあなたの国については強い興味を持ち、いろいろな書物も読んできました」

何冊かあげたうえで、

「一八三二年に刊行された書物で、フォン・シーボルトという人が書いた『ニッポン・日本に関する記録集』というものがあります。これはじつに興味深い書物でした」

そうも言った。

「フォン・シーボルトなら会ったことがあります」

と、彦馬は言った。

「そうでしたか」

「ぜひ、日本を訪ねてください。そして、その機会があったら、わたしたちも伴っていただきたい」

彦馬と織江は固い握手をかわし、この人物と別れた。

男は別れ際にもう一度、名乗った。

「マシュー・カルブレイス・ペリーです」

二

それは明治八年の、夏ももう終わろうとしているころだった——。

歳老いた東洋人の夫妻が、横浜の港に降り立った。税関の役人に語ったところでは、夫妻はそれぞれ八十歳と七十五歳になったということだが、二人とも姿勢はいいし、足取りもしっかりしていたため、十歳は若く見えた。とくに、上品そうな妻のほうが、はしけから桟橋に飛び移ったときの身の軽さは、荷役の男たちが思わず目を瞠《みは》ったほどだった。

彼らは税関を出ると、海岸通りと呼ばれる道を西に歩いて、二十番地にある海に面したグランドホテルのロビーに立った。

「お名前を」

と言われ、二人はそれぞれ自分たちの名を記した。

ヒコ・ツインスター

オリエ・ツインスター

「観光ですね？」

と、ホテルの支配人が訊《き》いた。

「いやいや、商用もかねてだよ。わたしの会社は、サン・フランシスコで自転車の製造販売をしているのさ。ぜひ、日本への輸出ルートを開拓してくれと、倅《せがれ》たちから頼まれたんだよ。うちのは乗りやすく、日本人向けにちょっと小型にすることもできるのでね」

と、ヒコは答えた。

「そうですか」

自転車は横浜でもすでに輸入されていて、居留地に住む何人もの外国人は通りを乗り回している。むしろ、異国からの客が驚くのは、この日本において発明された人力車という乗り物のほうだった。

ただ、日本人向けに小型にするというアイディアはいい、と支配人はひそかに思った。

支配人は、二人の顔をさりげなく見て、

「失礼ですが、日本人ですか？」

と、訊いた。顔立ちは日本人のようだが、二人とも流暢な英語を話すし、洋装も流行のものをうまく着こなしている。いま、アメリカには世界各地から移民が押し寄せているので、見かけだけでは判断しにくいのである。

「はい。ただし、わたしたちがこの国を出たのはもう五十年も前のことで、じつにひさしぶりにこの国へ帰ってきたのです」

ヒコはそう言って、オリエを見つめ、嬉《うれ》しそうにうなずいた。

「ほんとに懐かしいです」

と、オリエも言った。

支配人は東京にも何度も行き来していたので、横浜から新橋までの汽車のことや、江戸の面影はまだたっぷり残っていることなどを話した。

ヒコは江戸の面影という言葉に目を細め、

「日本が国を開いたことは感慨無量ですな」

と、言った。

「ペリー提督がこの国に訪れてからは、開国まであっという間だったそうです」

「そうらしいですね。まったくペリーさんは凄《すご》いことをやってのけてくれた。それなのに、開国の報《しら》せを聞く前に、亡くなってしまったそうですね。一度、いっしょに来たかったのだが」

「あなた、ずいぶん一生懸命、ペリーさんに日本への興味と関心をかき立ててあげたわよね」

と、オリエは言った。どうやら二人は、ペリー提督とも面識があったようだった。

「だが、その開国までの速さは、機が熟していたことを物語るのかもしれないな。静山さまだけではなく、中津藩の湯川用人やら鍋島藩の用人も、あるいは江戸で教えた子どもたちだって、小さな種を蒔《ま》いてくれたかもしれないんだぞ」

そう言って、ヒコは誇らしげな顔をした。

「東京ではどこを見物したいですか？」

と、支配人は訊いた。

「わたしが、まず行きたいのは妻恋坂だな」

「妻恋坂？　そこは知りませんね」

神田という町の、大きな神社の裏手にある小さな坂道とのことだった。

ヒコはそこに二年近く住み、坂上の小さな神社に、あることを毎晩祈ったのだという。そのあることというのは、支配人が訊《たず》ねても、微笑むばかりで教えてもらえなかった。

「そうね。あたしは桜田《さくらだ》の御用屋敷にも」

オリエがそう言うと、

「そこは、わたしの知らないところだ」

ヒコは首をかしげた。

「あなた、それと本所中之郷の下屋敷にも」

「そうだな」

「あなたは会いたい人も何人かいるでしょうね？」

「うん。だが、それは難しいだろうな。場所と違って、人は動いてしまうからな」

動くことよりも、五十年経っているのである。おそらく、多くの人はすでに亡くなっているだろう。だが、支配人はそのことは言わなかった。なぜなら、二人は若い自分よりもずっと、人の世の移り変わりを噛みしめてきただろうから。

「早く江戸——東京を訪ねたい」

ヒコはいまからでも、行きたそうにした。だが、もう陽は傾きつつあった。

「そんなに焦らなくても。一晩、ここで疲れを取って」

オリエはヒコを見て笑った。

グランドホテルの支配人は、レストランで夕食をすませてくつろいでいたツインスター夫妻にもう一度、話しかけた。それくらいこの二人には、どこか気のおけない、しかも人を魅きつける雰囲気が漂っていたのである。

「お二人はさぞ、仲睦まじい人生を共になさってきたのでしょうな」

支配人はしみじみとそう言った。すると、二人はそれぞれ苦笑したり、首を横に振ったりした。

「そんな、あなた。人生というやつは、若い男女の恋ごころを、いつまでも熱いままでおいてくれるほど、甘いものではありませんよ」

ヒコがそう言うと、

「ほんとよね」

と、オリエはいろいろ含みがありそうな笑みを浮かべて言った。そんなときのオリエには、いかにも負けず嫌いの性格が垣間見られた。

——たしかにそうなのかもしれない……。

と、支配人は思った。敬虔なキリスト教徒である支配人にしても、夫婦の悩みごとは尽きないのである。今朝だって、ミルクの入手ができなかったと機嫌を悪くした妻に帰国を勧めたりして、ひどく険悪な雰囲気になってしまったくらいだった。

結婚してまだ二年目の自分たちですらこうなのだから、五十年以上連れ添った二人の歳月は、さまざまないさかいや懊悩《おうのう》に充ちていただろうと想像できる。
だからそれは、恋の物語とはまた別の、もしかしたら〈愛〉という名の物語かもしれなかった——。

了

濤《なみ》の彼方《かなた》

妻《つま》は、くノ一《くのいち》 10

風野真知雄《かぜのまちお》

平成23年 8月25日　初版発行
令和6年 12月10日　11版発行

発行者●山下直久

発行●株式会社KADOKAWA
〒102-8177　東京都千代田区富士見2-13-3
電話　0570-002-301（ナビダイヤル）

角川文庫 16971

印刷所●株式会社KADOKAWA
製本所●株式会社KADOKAWA

表紙画●和田三造

●お問い合わせ
https://www.kadokawa.co.jp/（「お問い合わせ」へお進みください）
※内容によっては、お答えできない場合があります。
※サポートは日本国内のみとさせていただきます。
※Japanese text only

ISBN978-4-04-393113-2　C0193

◆◇◇